麦克尤恩作品 | Ian McEwan

On Chesil Beach

在切瑟尔海滩上

[英] 伊恩·麦克尤恩——————著

黄昱宁——————译

上海译文出版社

第一章

他们年纪轻，有教养，在这个属于他们的新婚夜，都是处子身，而且，他们生活在一个根本不可能对性事困扰说长道短的年代。话说回来，这个坎儿向来都不好过。在一所乔治王时代风格的旅馆里，他们坐进底层的一间小起居室吃晚餐。透过敞开的门，看得见隔壁房间里有一张四柱大床，很窄，床罩纯白，其铺展的平整程度颇为惊人，仿佛这活儿不是人类的手能做成的。爱德华没说起他以前从未住过旅馆，而弗洛伦斯呢，自小随父亲多次出游，住旅馆是家常便饭。反正乍一看，他们俩都兴致盎然。他们先前在牛津圣马利亚教堂举办的婚礼进展顺利：仪式庄重得体，婚宴热情洋溢，在中学和大学里结交的朋友哑着嗓子声声送别，听来暖人肺腑。她的父母并没有对他的父母盛气凌人——他们先前是白担心了一场，而他母亲的举止好歹没有离谱太远，也没有把此番出席的目的忘得一干二净。一对新人坐着弗洛伦斯的母亲的小汽车离开，傍晚抵达位于多塞特海滩边的那家他们订好的旅馆，彼时的天气，在七月里算不得上佳，也不能说与婚礼气氛配合得完美无瑕，但也全然合人心意了：天上没下雨，他们本想坐到屋外的露台上吃饭，但弗洛伦斯觉得天还不够暖和。爱德华倒觉得不妨事，不过，他素来谨守礼仪，自然不会在这样一个夜晚跟她作对。

于是他们就在自己的房间里吃饭，眼前是半开的法式落地窗，窗与阳台连通，能望见一部分英吉利海峡，还能瞧见切瑟尔海滩上无边无际的砂石道。两个身穿正餐礼服的后生从一部停在走廊上的手推车里取菜，再端进来，他们在通常所谓的“蜜月套房”里来来去去，弄得上过蜡的橡木地板在静默中咯吱作响，听起来很滑稽。新郎心高气傲，又草木皆兵，时时留意着别人有没有什么手势或表情看起来含讥带讽。但凡有谁吃吃地笑几声，他也会受不了。不过那两个小伙子来自邻近的一个村子，干起活来都弓着背、板着脸，举手投足犹疑不定，将菜端到上过浆的麻桌布上时，双手一个劲地哆嗦。他们也挺紧张的。

在英国烹饪史上，那会儿可不是什么美妙时光，不过，除了海外游客，当时也没人对菜色斤斤计较。跟当时司空见惯的做法一样，正餐从一片甜瓜开始，甜瓜上仅仅缀着一颗裹着糖霜的樱桃。屋外的走廊里，点着蜡烛的温盘架上托着银餐盘，躺在盘里待命的是几片老早就烤好的牛肉，浸在酽稠的肉汁里，边上围着稍稍煮过的蔬菜，外加若干青生生的土豆。葡萄酒倒是从法国弄来的，可酒标上没提具体出产地，只画着一只孤零零、急匆匆的燕子。爱德华是不会想到事先去订好一瓶红酒的。

他和弗洛伦斯心里都巴不得侍应生早点走，便各自在椅子上转了个身，好细细玩赏眼前那片宽阔的、生满苔藓的草坪，再远一点，一丛乱蓬蓬地开着花儿的灌木和几棵大树紧挨着一道陡峭的岸，那岸的地势逐步下降，渐渐成了一条小道，直奔海滩而去。他们能看见一条小路的头几段，泥泞的台阶向下延伸，小路两旁的杂草格外繁茂——看上去活像壮硕的大黄叶和卷心菜，叶片色泽浓重、叶脉粗壮，那沉甸甸的分量把至少六英尺高的胖鼓鼓的茎秆都压弯了腰。花园里的植物长得花团锦簇，其品种之纷繁多样，颇具热带气息，这画面的视觉效果格外突出，因为它被灰色的柔光陪衬着，被海边飘来的一层轻灵的薄雾烘托着。薄雾步伐稳健，时而推进，时而消退，撞出轻柔的雷声，随即擦到鹅卵石上，倏然间嗞嗞作响。在大海和那面名叫“弗利特”的环礁湖之间有一条砂石道，他们计划用罢晚餐以后换上耐磨的鞋子，到那里走一走，假如到时候那瓶酒还没喝完，他们就带着酒上路，就像那些马路上的绅士一样，对着瓶子喝个痛快。

他们有那么多计划，眼花缭乱的计划，属于雾霭迷蒙的未来，此刻都堆在他们眼前。它们就像夏日里多塞特海滩上的花草树木一样茂盛，一样芜杂，也一样美丽。他们要住在哪里，怎么住，最亲密的朋友会是谁，他在她父亲公司里谋的那份差事，她的音乐生涯，该怎么处置她父亲给她的那笔钱，另外，怎么才能把日子过得跟别人不一样，至少私下里不一样。在那个时代（后来，在那著名的十年[①]里，这个时代会渐渐消亡），当个年轻人，仍然意味着成为一个社会的累赘，一道无足轻重的标志，一种多少有点尴尬的疾病，只有结了婚，才能着手治疗。他们俩简直像是一对陌

① 指二十世纪六十年代。

生人，一起别别扭扭地站在一座崭新的生命的巅峰上，他们满心欢喜，因为新的身份保证能把他们从没完没了的青春岁月里拽出来——爱德华和弗洛伦斯，这下终于自由啦！童年是他们最乐意谈论的话题之一，与其说童年乐趣无穷，倒不如讲那是一团迷雾，其中既有滑稽可笑的误解——现在他们已经突围而出了，也有父母犯下的种种错误以及不合时宜的所作所为——如今他们已经可以原谅了。

站在这些崭新的高地上，有那么一种自相矛盾的情绪，他们明明看得很清楚，却难以向对方形容：为了那个晚餐过后不久就要来临的时刻，他们各自忧心忡忡，届时，他们的“成长新阶段”将接受考验，他们将一起躺在四柱大床上，向彼此袒露无遗。这一年多来，爱德华魂不守舍，满心期待着七月的某个夜晚，他身上那个最敏感的部分，将会栖居在——不管时间有多么短暂——这个美丽动人、聪明得教人敬畏的女子体内的一个天造地设的洞穴里。怎么才能做得既不荒诞，又没遗憾呢，这念头弄得他心烦意乱。他这头，归根结底是害怕一次糟糕的经历，害怕会兴奋得过了头，这档子事儿他听别人形容过，说那叫“早泄”。这个问题几乎时时在他脑海里翻腾，不过，尽管他对失败怕得厉害，但他的渴望——渴望销魂，渴望排解——要强烈得多。

弗洛伦斯的焦虑程度更严重，从牛津过来的路上，有好几次她都打算鼓足勇气，把自己的想法说出来。然而，她的烦恼不仅难以启齿，而且就连她自己也几乎理不出头绪来。在同一个问题上，他只不过是被司空见惯的初夜焦虑折磨了一下，而她经受的，却是一种搅得五脏六腑都不得安生的恐惧，那种忍不住要作呕的感觉，就跟晕船一样明显。筹备婚礼的日子始终欢天喜地，在大部分时间里，她都想法子对幸福表面上的那块污迹视而不见，然而，每当她的思绪转到“一次亲密无间的鱼水之欢”——别的字眼她都不喜欢——她的胃就干巴巴地绷紧了，喉咙口直犯恶心。有一本高瞻远瞩、旨在帮助年轻新娘的时髦手册，调子是喜气洋洋的，到处都是感叹号和编好了号码的插图，在这本书里，她瞥见过几个简直让她透不过气来的词儿：“黏膜”算一个，还有那个凶相毕露、闪闪发亮的“龟头”。书里还有些句子对她的智慧是种冒犯，特别是那些关于“进入”的：“没过多久，他就进入了她……”要不就是“他终于进入了她……”难道她有义务在新婚之夜把自己变成一扇门，或者一间客厅，好让他进来吗？还有一个使用得几乎同样频繁的词儿，在她看来只意味着痛楚，仿如一把刀逼来，肉身分成了两半：那个词儿叫“穿透”。

碰上情绪乐观的时候，她努力让自己相信，她受的折磨，不过是一种夸张的神经质罢了，总是能捱过去的。当然啦，只要一想到爱德华的睾丸就垂在“充血的”阴茎——又是个骇人听闻的说法——底下，她的上唇就会噘起来，再想到自己的“下面”居然要给别人碰，哪怕是她心爱的人，她也觉得恶心，就好像要在她眼睛上做手术似的。不过她的神经质并没有延伸到婴儿身上。她喜欢孩子；时不时地，她会帮着表姐妹们照看小宝宝，倒也甘之如饴。她想，若是怀上爱德华的孩子，她会很开心，至少，理论上她并不害怕生儿育女。要是她能像圣母马利亚那样，只消变个戏法，肚子就能鼓起来，那该有多好。

弗洛伦斯怀疑自己有点高深莫测的毛病，她觉得自己向来就与众不同，到头来总不免要露馅。在她看来，她的问题要比单纯的生理排斥更严重，更深刻；只要想到牵丝绊藤、肉体横陈的画面，她浑身上下都会反感，原本泰然自若的心境和与生俱来的欢乐也会横遭亵渎。反正她就是不想被“进入”，不想被“穿透”。跟爱德华做爱不会成为她欢乐的总和，而是她必须付出的代价。

她知道，好久以前，他刚刚求婚的时候，她就应该把这事儿说出口了，然后再过很久，才应该去拜访那位真心诚意、柔声细气的教区牧师，才应该去跟各自的父母共进晚餐，才应该邀请出席婚礼的宾客、列出礼物清单并提交给一家百货商店①、租来婚礼遮篷、雇好摄影师，再将其他一旦定好就没法反悔的事情全部安排妥当。可是她能说什么呢，连自己都难以名状的事情，她能用什么样的言辞来表达呢？而且她是爱着爱德华的呀，不是那种她在书里读到过的又热又潮的激情，而是爱得温暖，爱得深邃，有时候像一个女儿，有时候又近乎母爱。她喜欢搂着他，喜欢任由他壮实的手臂环住她的双肩，喜欢被他亲吻，可她不乐意让他的舌头伸进她嘴里，这层意思她没说出口，却表达得清清楚楚。她觉得他很特别，跟她见过的那些人都不一样。但凡他排个队候个诊什么的，他的上衣口袋里就会揣上一本

① 按西方婚俗，新人会按照自己的需要开列一份礼品清单，并与一家百货商店挂钩，由亲友到那里认购。

平装书，通常是历史书。他会一边读，一边用一枝铅笔头勾勾画画。在弗洛伦斯认识的男人里头，确实只有他才不抽烟。他的袜子没有一双是配搭合宜的。他统共只有一条领带，窄窄的，针织的，深蓝色，他几乎一直都戴着它，配一件白衬衫。她欣赏他希奇古怪的思维，轻微的乡下口音，欣赏他在言谈间，思路会猝不及防地转弯、偏向，喜欢他对她和颜悦色，喜欢当她说话的时候，他用温柔的棕色眼睛定定地看她，让她觉得自己给裹进了一团温暖惬意的爱情的云朵里。二十二岁那年，她确信无疑，她想跟爱德华·梅休共度余生。她怎么敢冒失去他的险呢?

这事儿她跟谁都没法说。妹妹露丝年纪太小，母亲为人处事固然无懈可击，却太理智太冷漠了，属于那种老派的“蓝袜子”[①]。每当碰上一个涉及隐私的问题，她总是会拿出在演讲厅里公之于众的口吻，念叨那些长得要命的词儿，到那些她以为人人都应该读过的书里引经据典。只有把问题这样安安稳稳地摆在眼前，她才会间或放松心情，

① 指女学者、女才子，卖弄学问的女子，得名于十八世纪中期英国伦敦一文学团体“蓝袜社”。

变得和蔼可亲，但这种情形少得可怜，而且即便如此，你还是弄不明白自己到底得到了什么建议。弗罗伦斯在中学和音乐学院里倒是交过几个了不起的朋友，可她们的毛病正好相反：她们喜欢谈论隐私，热衷于在别人的麻烦里搅和。她们彼此都认识，动不动就通通电话写写信。她不相信她们能保守什么秘密，这点她倒也不怪她们，因为她自己也是其中一分子。她连自己都信不过。她独自面对的是一个她不晓得该如何启齿的问题，能够替她提供理论指导的只有一本平装本手册。花里胡哨的红色封面上有两个瞪大了眼睛笑眯眯的火柴杆似的小人儿，手牵着手，看起来像是某个天真无邪的孩子，用白粉笔笨笨地涂上去的。

他们用了不到两分钟，就吃掉了甜瓜，那两个小伙子并没有在屋外的走廊上侍候，而是站在他们身后靠近门口的地方，不时用手指拨弄拨弄蝶形领结和紧绷绷的领子，再拽拽袖口。他们始终一脸茫然，即便眼看着爱德华用一个颇具讽刺意味的夸张动作，把自己那只糖渍樱桃喂给弗洛伦斯时，也茫然如故。她调皮地从他指间将樱桃吮走，故意迎着他的目光大嚼特嚼，好让他看见她的舌头，与此同时，她心里明白，这样撩拨他，只会把自己的处境弄得愈发不妙。对于自己难以为继的事情，她压根就不应该开那个头，然而，尽其所能来让他高兴，总归是有好处的：这样一来，她就觉得自己到底不是百无一用了。假如只需要吃一颗黏糊糊的樱桃，那该有多好啊。

虽然爱德华巴不得侍应生能快点走，但他又想表现得就算他们在他也不受干扰，于是他笑眯眯地端起酒，坐直身子，转过头叫了一嗓子："菜上齐了吗？"

"还有哪，先生。对不起，先生。"

可是，端着酒的那只手抖了一下，因为他在尽力克制心头突然涌起的快乐，克制他的狂喜。在他眼前，她看上去光彩照人，而且她有多可爱啊——漂亮，迷人，有教养，教人难以置信。

刚刚说话的那个小子急急向前走了几步，收拾餐具。他的同事就在屋外，把第二道菜——烤牛肉装到两个人的盘子里。因为套间和走廊之间有两级台阶，所以不可能把手推车推进蜜月套间里，正儿八经地摆开全套银餐具，十八世纪中叶，伊丽莎白一世时代的农舍被改造成了乔治王朝的风格，台阶就是改造时的不合理规划留下的后遗症。

虽然他们听见勺子刮碟子的声响，听见那两个小伙子在敞开的门外窃窃低语，但一对新人好歹有了短暂独处的时光。爱德华把一只手搁在弗洛伦斯手上，在那天，这是他第一百次轻声说“我爱你”，她旋即回应了一句，而且，她心里也真是这么想的。

爱德华的学士学位，是在伦敦大学学院①历史系修来的。短短三年里，他学到了战争、叛乱、饥荒、瘟疫、帝国之兴衰沉浮、革命之荼毒少年、农业之艰辛、工业之腐败、执政精英之暴虐——那是一出流光溢彩的露天历史剧，次第上演着压迫、苦难和未能实现的心愿。他懂得，生活能有多么压抑多么贫困，这情形代代相传。从宏观角度看，英国目前所经历的和平而繁荣的时代，算得上难能可贵，而置身于其中，他和弗洛伦斯的幸福又是那么不同凡响，简直可以说独一无二。大学最后一年，他专门研究了关于历史“伟人”的理论——设若相信强悍的个人能够塑造整个国

---

① 指伦敦大学学院(University College London，简称 UCL)，是伦敦大学中历史最悠久、规模最大的学院，建于 1826 年，是一所具有国际影响的高等院校。校址在伦敦布鲁姆斯伯里地区。

家的命运，是不是真的很老土？反正他的导师肯定是这么想的：在他看来，严格意义上的历史是被某种难以避免的力量驱使着，一路向前推往无从逃遁、必然发生的结局，世人很快就要把这门学科看成科学了。然而，那些爱德华详细研读过的人物生涯——恺撒，查理曼大帝、腓特烈大帝、叶卡捷琳娜大帝、纳尔逊[①]和拿破仑（在导师的坚持下，他没把斯大林算进去）——倒是暗示着相反的结论。爱德华争辩道，一个冷酷无情的人，赤裸裸的机会主义，再加上运气，就可能改变千百万人的命运，这个任性的结论替他换来了“B减”，差点儿让他的学位岌岌可危。

他顺带发现，即便是最富有传奇色彩的成就也不见得能带来什么欢乐，顶多是成倍的躁动和教人寝食难安的雄心罢了。当天早晨，就在他为了婚礼穿上整套行头（燕尾服，大礼帽，将科隆香水洒满全身）的当口，他认定，列在他那张名单上的人，没有一位能体会他那股子心满意足的劲儿。他的狂喜，是那种本身就美妙绝伦的东西。如今，他已经成了一个志得意满，或者说几乎志得意满的，男人。时

① 纳尔逊（1758 — 1805），英国海军统帅，曾在 1805 年特拉法尔加角海战中大败法国西班牙联合舰队，本人受重伤阵亡。

年二十二岁的他，已经让他们全都相形见绌。

此刻他凝视着妻子，凝视着她那双影调变幻不定的浅褐色眸子，凝视着纯净的眼白边上镶着的那道淡得不能再淡的乳蓝色光晕。睫毛既浓且黑，像孩子似的，她一本正经、面无表情的时候，总也透着那么点孩子气。真是张可爱的面孔，精雕细琢的五官搁在某种光线里，会让人想起美洲的印第安人，想起一个出身高贵的女子。她下巴的线条坚实有力，笑起来无拘无束、不事矫揉，眼角的皱褶全都会舒展开。她骨架宽大——有几位太太在婚礼上心照不宣地说到了她丰满的臀部。她的乳房——爱德华碰过，甚至还吻过，可他觉得这样根本就不够——是小小的那种。她那双小提琴家的手苍白而有力，修长的双臂也是如此；在学校里上体育课时，掷标枪她一直就很在行。

爱德华向来都不喜欢古典音乐，不过如今他正在学习它那些生气勃勃的暗语——连奏，拨奏，活泼有力地弹奏。渐渐地，在麻木不仁、翻来覆去地听过好多遍以后，有些曲目他非但能认出来，甚至还真心喜欢。有一支她和朋友们经常一起演奏的曲子尤其让他感动。她在家里练习音阶和琶音和弦时，会戴上一个发圈，那种教人爱怜的气息总会让他梦想，有朝一日若是跟她一起生个女儿，会是什么样子。弗洛伦斯的演奏繁复而精准，而她的音色之丰富，也是出了名的。有个导师说他还从来没碰上过哪个学生能让一根空弦发出如此温暖的声音。无论她是待在伦敦排练厅的乐谱架跟前，还是牛津父母家自己的房间里（彼时，爱德华会摊手摊脚地躺在床上，看着她，渴望着她），她总是温文尔雅、仪态万方，脊背挺得笔直，骄傲地昂起头，她读乐谱时的表情有点儿居高临下的意思，简直可以说目中无人，每每让他心旌摇曳。那副表情显得如此确信无疑，如此知情识趣。

但凡涉及音乐，她的一举一动总是既自信又流畅——把松香涂在琴弓上；重装琴弦；把房间重新整理一番，好招待来自学院的三个朋友，他们四个合在一起搞弦乐四重奏，那是她最热衷的事情。她是无可争议的领军人物，为了音乐他们争论过很多次，最后一锤定音的总是她。然而，在生活的其他方面，她傻愣愣、怯生生，简直到了惊人的地步，不是踢到脚趾，就是碰翻物件，再不就是撞痛脑门。那些能在巴赫组曲里拉出双音的手指，同样善于把满满一杯茶水泼翻在亚麻桌布上，或者将一只玻璃杯打落到石头地面上。如果觉察到有谁在盯着她看，她就会失足绊倒——她悄悄告诉爱德华，在她看来，在大街上隔着一段距离向一个朋友走过去，那过程真是一种酷刑。每当她焦虑不安或者尴尬得厉害时，她的手就会一次又一次地抬起来举到额头，拂开一绺压根就不存在的头发，直到让她紧张的原因消失很久之后，这个轻柔而又慌张的动作才会停下来。

特别得如此奇妙如此温情，诚实而自省得如此痛苦，她的每一个念头、每一丝情感似乎都清晰可见，如带电粒子般，从她变动不居的表情和手势里汩汩流出，这样的人，他怎么能不爱呢？即便她不是那么个结结实实的美人儿，他也非爱上她不可。而她呢，爱他爱得如此强烈，而蕴蓄在其中的肉身的缄默，又教人如此欲罢不能。于是，他那因为无从释放而愈发高涨的激情，以及与生俱来的保护欲，都被唤醒了。然而，她是真的那么容易受伤吗？有一回，他偷偷看了那个装着她中学成绩报告的文件夹，发现她的智商测验得了一百五十二分，比他自己的成绩高出十七分。在那个年代，人们用这个“商”那个“商”衡量的东西，就跟身高体重一样实实在在。当他坐在旁边观看四重奏排练时，当她因为某个乐句的划分，某处速度或者力度的把握，与查尔斯——就是那个圆圆胖胖、刚愎自用的大提琴手，一张脸被晚季绽放的粉刺弄得油光锃亮——意见相左时，目睹着弗洛伦斯居然可以酷成这个样子，爱德华总是兴致盎然。她并不争辩，只静静地听，然后宣告她的决定。之后似乎也没有那个伸手拂头发的小动作。她拿得准自己的活儿，而且打定主意要领这个头，这是第一小提琴手应该做的事。看起来，她似乎还能让她那位人见人怕的父亲百依百顺。离婚礼还有好几个月的时候，他就在她的提议下，给了爱德华一份工作。至于他是不是真的想要，或者敢不敢拒绝，那又是另一回事了。而且，凭着女孩儿家耳濡目染来的本事，她很清楚婚典上需要什么，从遮篷的尺寸到夏令布丁的数量她都懂，而且她也知道，指望父亲拿出多少钱来，才是恰到好处的。

“菜来了，”她一边轻声说，一边在他的手上拧了一把，提醒他别再突然冒出什么亲昵的举动来。侍应生端来两盆牛肉，他的盘子上堆起的高度是她的两倍。他们还端来了雪利酒浸果酱布丁、切达干酪和薄荷巧克力，一溜儿排在餐具柜上。两个小伙子咕哝了一通，说有事可以按壁炉边上的传唤铃——要按得重点，按住了就别放——然后就退出去，小心翼翼地关上身后的门。接着传来一阵丁零哐啷，那是手推车沿着走廊推远的声响，后来，一阵沉寂，再后来，也闹不清是一句嚷嚷还是一声怪叫，反正多半是饭店楼下的酒吧里飘上来的，末了，一对新人终于彻底独处一室了。

风转了个方向，要不就是风力加强，带来了海浪拍打的声响，就像是远方打碎了一堆玻璃杯。薄雾渐渐消散，露出低低的山岗的部分轮廓，它们蜿蜒在海岸线上方，直往东去。他们能看见一道亮闪闪、灰蒙蒙、滑溜溜的物质，这仿若丝绸的表面或许属于大海本身，或许属于环礁湖，或许属于天空——很难分辨清楚。那阵转了向或者变了力的微风吹进敞开的法式落地窗，携来一丝诱惑，一阵咸咸腥腥的氧气与空地的味道，这味道似乎与浆洗过的麻桌布、用玉米淀粉增稠的肉汁以及被他们攥在手里的用力擦拭过的银器格格不入。先前的婚礼午宴庞大而冗长。他们到现在都不饿。理论上，他们大可以扔下盘子，抓起酒瓶颈，一路跑到海边去，踢掉鞋子，在他们的自由国度里欣喜若狂。饭店里不会有人想拦着他们的。毕竟，他们现在终于是大人了，而且在度假，想干什么就能干什么。设若再过几年，这样的事情随便什么平平常常的年轻人都做得出来。然而，此刻，时代在拖他们的后腿。虽说眼下就爱德华和弗洛伦斯两个人，却有一千条心照不宣的清规戒律仍然在发挥作用。恰恰因为他们已经不再是小孩了，所以他们不会做孩子气的事儿，比如，别人费了九牛二虎之力准备的饭，吃了一半拔腿就走。不管怎么说，现在可是吃正餐的时间。彼时，孩子气既不是什么光荣的事儿，也不见得合乎潮流。

尽管如此，海滩的召唤还是惹得爱德华心烦意乱，但凡他晓得该怎么开口，或者找得到合适的理由，他没准儿就会提议马上出门了。他曾经照着一本旅游指南，向弗洛伦斯大声朗读过，说是数千年的暴风骤雨，将十八英里长的海滩上的鹅卵石按其大小筛滤、分类，大石块都堆在东头。有个传说讲当地的渔民若是在晚上登岸，也能根据砂石道的各种级别准确判断他们处在什么位置上。当时弗洛伦斯还提议，他们可以在相隔一英里的地方，各抓一把石头，自己比比看。沿着海滩长途跋涉，总要比坐在这里好。天花板本来已经够低了，现在看起来离他的头顶更近，整个儿逼下来。从盘子上飘起来一股子湿湿冷冷的味道，跟海风搅在一起，就像是家养的狗嘴里呵出来的气。也许，他并不像他一直告诉自己的那么快乐。他觉得有一种可怕的压力将他的思绪愈逼愈窄，将他的言辞愈束愈紧，他浑身难受得要命——他的长裤或者内裤似乎缩成了一团。

因此，但凡有个魔仆在他们桌前现身，答应满足爱德华最迫切的需求，那么，世上无论什么海滩他都不想去。他全心所想，他万念所及，都只是弗洛伦斯和他自己，一起赤身裸体地躺在隔壁房间的床上，终于面对那教人敬畏的经历，这经历与日常生活相隔得如此遥远，远得仿佛一幕饱含着宗教狂热的幻景，甚或就像死亡本身。这份期待——那事儿当真会发生吗？会发生在他身上吗？——再一次让他的小腹上仿佛爬过凉凉的手指，刹那间，他只觉得心醉神驰、蠢蠢欲动，为了掩饰，他只能惬意地舒出一口气来。

就像大多数同时代（或者说，任何一个对淫词艳句无法泰然处之的时代）的小伙子一样，对于那件时下被开明的权威人士称之为“自我消遣”的事情，他总是乐此不疲。爱德华很高兴能发现这种说法。作为二十世纪四十年代生人，他不会像先辈那样相信“自我消遣”会伤身体，会让他的视力下降，或者在他天天忙活这件事的时候，上帝会在边上板着面孔，满腹狐疑地看着他。也不相信人人都能从他那苍白而羞怯的神色里窥见端倪。即便如此，他在劳神卖力的时候，头顶上似乎仍然悬着某种暧昧不清的耻辱，那种感觉里交织着失败与颓废，当然，还有孤独。其实快感只是顺带的好处。真正的目的是释放——从迫不及待、一头钻进了牛角尖却又难以马上实现的渴望里挣脱出来。真是不可思议啊，就那么一勺子自家生产的玩意儿，只要从他的身体里喷出去，他立马就能变得气定神闲，继续研究纳尔逊在阿布卡湾[①]如何杀伐决断。

对于筹备婚礼的诸般事宜，爱德华最重大的贡献就是“禁欲”，时间长达一个多礼拜。自打十二岁起，他还从来没有如此彻底地“守身如玉”过。他想把自己最棒的状态留给他的新娘。这可不是件轻而易举的事，尤其是夜里躺在床上，或是早晨醒来，或是午饭前那几个钟头，或是晚饭后上床前的那些时间。现在他们总算是结婚啦，而且眼下就他们俩。为什么他不站起身，丢下烤牛肉，用一连串的吻淹没她，把她带到隔壁的那张四柱大床上去？事情不是那

① 位于埃及尼罗河口，纳尔逊在那里打败了拿破仑。

么简单的。他已经跟弗洛伦斯的腼腆较量了好久好久。渐渐地，他开始尊重这种腼腆，甚至对此崇敬有加，误以为那是一种羞涩，一道因循守旧的面纱，掩盖着风情万种的本性。总而言之，这是她那幽深难解的个性的一部分，也能充当她品格高洁的证据。他说服自己：他宁可她是这样的人。他虽然无法自圆其说，不过她的寡言讷行与他的懵懂无知和缺乏自信正好般配；若是换了个更风骚更苛求的女人，一个生性狂野的女人，没准会把他吓坏。

他们的恋爱就像是跳了一支孔雀舞[①]，整个过程庄严肃穆、循序渐进，受到既不曾统一认识、亦不曾放声宣告却被大致遵守的协议的束缚。什么都没讨论过——他们倒也不觉得缺少亲密无间的交谈。这些事情无须言辞，也无须定义。当时，心理治疗的术语及实践，将情感竭力分享、彼此剖析的潮流，都还没有广为传播。轻描淡写地把自己当成一个不解之谜，当成一场叙事史练习，或者一个等待解决的问题，这在当时还不是司空见惯的事情。

在爱德华和弗洛伦斯之间，没有什么事情是仓促发生

---

① 十六、十七世纪时欧洲贵族庄严的男女双人行列舞。

的。任何重要的进展，任何默许他多看到一点、多抚摸一点的表示，都只能是循序渐进的。十月的某天，他第一次看见她赤裸的乳房，直到很久以后的那一天——十二月十九日，他才能碰碰它们。次年二月，他亲吻了乳房，却没亲到乳头，直到五月份，他才用嘴唇轻轻蹭了蹭乳头。至于她在他身上的逐步推进，就更是小心翼翼了。从他这边发起的任何突然的举动或者激进的建议，都会让几个月的上佳表现化为乌有。那天晚上在电影院里看《蜜糖滋味》[①]的时候，他抓住她的手伸进他双腿间，这么一个动作就让发展进程倒退了好几个礼拜。她倒也没有冷若冰霜，连淡漠也谈不上——这向来都不是她的风格——但她流露出微妙的疏远，或许是失望，甚或还觉得遭到了一点背叛。不知怎么的，她从他身边躲开的时候，并没让他怀疑她的爱有什么变化。然后，他们终于又回到了原来的轨道上：三月末，某个周六下午，就在他父母位于“切尔顿山”[②]的小房子里，乱作一团的起居室中，伴随着窗外的瓢泼大雨，倏忽间，她

① 上映于1962年，反映母女两代人的婚恋生活，具有典型的六十年代英国影片的风格。

② 英国东南部区域，从泰晤士河谷的牛津郡开始绵延至赫特福德郡。

任凭自己的手搁在他的阳物上，也可能只是搁在它附近而已。总共不到十五秒，在愈来愈高涨的期盼与狂喜中，他隔着两层织物感觉着她。她的手刚抽走，他就知道自己再也受不了了。于是，他求她嫁给他。

他不可能知道，将一只手——只是手背而已——伸进那样一个地方，让她有多么为难。她爱他，她想让他高兴，可她得按捺住那深深的反感。那个举动本身是真诚的——她也许算得上机灵，可她并没有要什么阴谋诡计。她把手尽可能久地搁在那里，直到发觉他那条灰色法兰绒长裤下面一阵骚动，渐渐硬起来。她触摸到一个生机勃勃的东西，跟她的爱德华相隔甚远——她一下子缩了回去。然后他冲口而出向她求婚，她不由得百感交集，既欣喜若狂，又如释重负，没头没脑地连连拥抱，一时间把刚才那点惊恐抛到了脑后。而他也被自己的当机立断吓了一大跳，再加上那悬而未决的欲望折腾得他头痛欲裂，所以他几乎不可能想到，从那天起，她就开始在自相矛盾中生活，记挂着那件在恶心与开心之间徘徊的“私事”。

此刻他们独处，理论上应该为所欲为，可他们还是在吃这顿令他们毫无食欲的晚餐。弗洛伦斯放下手里的刀，探身抓住爱德华的手拧了一下。他们听到楼下传来无线电的响动，那是十点档新闻节目开头那几记大笨钟敲响的声音。因为相邻的内陆地区有几座山，所以海滩这一带的电视信号很差。年长的客人此时会下楼跑到起居室里，一边掂量天下大事，一边喝睡前酒——这家饭店有不少上好的纯麦威士忌可以挑——而有些男人会在此时往烟斗里加当日最后一次烟丝。聚拢在一起听无线电播报重大新闻是他们在战争时期养成的习惯，从此就再也不肯打破。爱德华和弗洛伦斯隔着楼板依稀听见新闻提要，一下子抓住了首相的名字，又过了一两分钟，他熟悉的嗓音就响起来，一场演讲开始了。哈罗德·麦克米伦①正在华盛顿的一场关于军备竞赛和探讨禁止核试验协定之必要性的会议上发表演说。谁能否认，继续在大气层展开氢弹试验、弄得整个星球上充斥放射线，是件愚不可及的事儿？可是，但凡是三十岁以下的年轻人——当然也包括爱德华和弗洛伦斯——都不

① 莫里斯·哈罗德·麦克米伦（1894—1986），英国保守党政治家，1957 年至 1963 年期间出任英国首相。

会相信，一位英国首相对于全球事务能产生举足轻重的影响。每年这个帝国都在萎缩，因为每年都会有几个国家顺应正义、赢得独立。如今差不多已所剩无几啦，这个世界成了美国人和苏联人的天下。不列颠，英格兰，只是无足轻重的政权罢了——此话一出口，心里就会涌起某种亵渎神明的快感。当然啦，楼下那些人的看法截然不同。只要是超过四十岁的人，要么自己打过仗，要么受过战争的苦，对于死亡有过非同寻常的领悟，他们无法相信，牺牲了这么多，末了就换来沦为二流势力的结果。

爱德华和弗洛伦斯将会在下一届大选中第一次投票，他们一心巴望着工党能像一九四五年那场著名的胜利一样，取得压倒性优势。再过一两年，毫无疑问，那些仍然做着帝国梦的人就只能把路让给盖茨凯尔、威尔逊、克劳斯兰[①]这样的政治家了——这些新人志在建立一个现代化国家，实现人权平等，让各项事务能真正运转起来。既然美国能冒出一个充满活力、英俊潇洒的肯尼迪总统，那么英国

① 即休 · 盖茨凯尔（1906 — 1963），哈罗德 · 威尔逊（1916 — 1995）和安东尼 · 克劳斯兰（1918 — 1977），均为工党领袖，其中威尔逊在 1974 年至 1976 年间任英国首相，后因未能制止国内经济衰退和通货膨胀而宣布辞职。

也能出现类似的人物——至少在精神上，因为在工党里还没有哪个人的模样能如此魅力十足。极端保守派目前还在负隅顽抗，还在怀念他们那套清规戒律和穷酸相——他们的日子到头了。爱德华和弗洛伦斯都认为，要不了多久，这个国家就会越变越好，而眼下年轻人的能量就好比被死死压住的水蒸气，正在奋力突围，与之相得益彰、合而为一的是他们自己的冒险经历所带来的兴奋之情。六十年代是他们长大成人之后面对的第一个十年，毫无疑问，这是属于他们的年代。楼下那些穿着银质纽扣运动衫、抽着烟斗的家伙，他们喝着双份卡拉麦芽酒，回忆着北非和诺曼底战场上的峥嵘岁月，间或念叨两句经过改良的残留的军队切口——他们对于未来没什么发言权。是时候啦，先生们，请吧！

随着薄雾散去，附近的树木、环礁湖背后那光秃秃的绿色山崖以及银色的海水都愈来愈清晰，傍晚时分那柔美的空气涌到他们桌前，而他们还在装模作样地吃饭，一时间困在各自的焦虑里动弹不得。弗洛伦斯只是将她盘子里的东西挪过来搬过去。爱德华也只是象征性地用叉子边沿沾了一丁点儿土豆，吃进嘴里。他们一边无助地听着第二条新闻，一边想，他们这样留心楼下客人的一举一动，多无聊啊。新婚之夜，他们愣是无话可说。含混不清的词儿从脚底下飘上来，不过他们还是辨出了“柏林”二字，马上就明白过来，这就是那桩近来让所有人都着迷的事情。那些难民乘着抢来的一艘汽船驶过万湖，从东柏林逃到西柏林，一路上他们蜷缩在舵手室，躲开东柏林卫兵射来的子弹。听完这条，他们又忍无可忍地听到了第三条——一场在巴格达召开的伊斯兰会议的闭幕议程。

他们真是蠢透了，竟然纠缠在什么天下大事里！不能再这样下去了。该是采取行动的时候了。爱德华松了松领带，毅然放下刀叉，并排搁在盘子上。

“我们可以下楼去，听听真切。”

他希望自己的口气是幽默风趣的，他的嘲讽是冲着他们两个人的，可是他的话冲口而出时，听起来凶巴巴的，让人吓一跳，于是弗洛伦斯的脸腾地红了。她以为他是在数落她宁可听无线电，也不乐意搭理他，于是，还没等他来得及把口气轻下来软下来，她就赶忙接了一句：“要不我们可以躺到床上去。”说话间她慌慌张张地在额前拂去了一缕看不见的头发。为了证明他错得有多么离谱，她故意提出了她知道他最渴望而她最害怕的建议。说真的，如果她现在可以下楼到休闲室去，坐在印花沙发上跟那些主妇们轻声慢语地聊聊天，而她们的男人斜倚着，一本正经地听新闻，被历史的飓风卷携而去，那么，她会更快乐，或者说，会少一点不快乐。反正除了现在这样，怎么着都行。

她的丈夫微笑着站起身，庄严地将一只手伸到桌子对面。他的脸上也泛起了一点红晕。有那么一会儿，他的餐巾像根腰带似的粘在他腰间，然后慢吞吞地飘到地板上。除了当场昏倒，她实在是什么都做不了，而且她演戏一点儿都不在行。她站起身牵住他的手，很清楚自己应和他的那个微笑硬邦邦的，看上去没什么说服力。此刻爱德华像做梦一般恍恍惚惚，在他眼里她比什么时候都可爱——即便她知道这一点，也不会觉得好受些。后来回想起来，他记得当时她的胳膊显得纤纤弱弱，不一会儿就满含爱意地环住了他的脖子。她那双漂亮的浅褐色眼睛，闪闪发亮，分明蕴蓄着激情，而她的下唇在微微颤抖，尽管如此，她还是用舌头将下唇渐渐濡湿。

他试图用那只空着的手抓起酒瓶和半满的玻璃杯，可是难度太高了，也太分神——两只玻璃杯鼓出来的部分互相抵触，弄得杯柄在他手里交缠起来，洒出了一点酒。于是他改变主意，只抓住了酒瓶的瓶颈。尽管他眼下情绪高昂，还有点神经过敏，可他还是觉得自己能理解她往常沉默寡言的秉性。想到他们能共同面对这意义深远的时刻，面对这条人生经历的分界线，他愈发雀跃不已。何况提议躺到床上去的人是弗洛伦斯，这一点可真是激动人心。她把位置这么一换，就等于把自己给释放了。他仍然握着她的手，从桌子那边绕过来，凑近她，吻她。他觉得吻她的时候如果还握着一个酒瓶未免显得没教养，便把瓶子放了下来。

“你很美，”他轻声说。

她提醒自己记起来，她是多么爱这个男人。他既善良，又敏感，他爱她，不可能伤害她。她耸耸肩，往他怀里又钻了钻，靠紧他的胸膛，呼吸着他那熟悉的香水味，这味道里有种木材的质地，闻上去叫人心生慰藉。

“跟你待在这里，真快活。”

“我也很快活，”她轻声说。

他们接吻时她一下子就感觉到了他的舌头，绷得紧紧的，很有力气，它使劲推开她的牙齿，像是一个暴徒，用肩膀推开人群，冲进一个房间。进入她。一阵反感涌上来，她不由自主地把舌头卷起来，直往后退，这样一来留给爱德华的空间就更多了。他很清楚，她向来不喜欢这样接吻，而他以前还从来没有这么霸道过。他的嘴唇紧紧地夹住她的嘴唇，他的舌头探到她丰满的口腔底部，然后挪到她下颚的牙床上，碰到了那个空穴，三年前这里曾长歪过一枚智齿，后来上了全身麻醉以后才把它给拔掉。每回她想心事想得出神了，舌头通常会在这个空穴里游游荡荡。如此一联想，这个空穴就更像是一个概念而不是一个位置，像一个隐秘而虚幻的地方，而不是她牙龈上的一个洞，因此，当另一条舌头居然也能抵达那里时，她便颇感异样。让她反感的是，这陌生的肌肉的尖端既坚硬又纤细，一个劲地打颤，显得那么活跃。他的左手按在紧挨着她脖根的肩胛骨上，扳住她的头，跟他的头紧靠在一起。她越是打定主意不想惹恼他，幽闭恐惧症状就越是厉害，气也越发透不过来。他的舌头先是在下面，将她的舌头抵上去碰到上颚，接着又翻上来，往下压，然后流畅自如地在牙床的周边和两侧扫了一通，看这架势，就好像他以为自己能打一个简单的花式结似的。他想让她的舌头自己活动起来，想引诱她加入一首可怕的无声的二重唱，可她只能退缩，只能集中精力尽量不挣扎，不犯恶心，不让自己惊慌失措。但凡她吐到他嘴里——这可真是个疯狂的念头——那么他们的婚姻立马就完蛋了，她就只能回家去跟父母解释了。她很清楚，这舌头与舌头之间的来往，这种形式的“穿透”，只不过是一场小型预演、一幕颇具仪式感的人体造型①罢了，它象征的东西还在后面等着呢，这就好比在上演一出老戏之前都要来一段开场白，把那些必将发生的事情跟你一一交代清楚。

她站着等这个特殊的时刻过去，按照固定格式，她将两只手搁在爱德华的臀部上。与此同时，弗洛伦斯意识到，她无意间发现了一条空洞的真理，回想起来这实在是件不证自明的事儿，就像“丹麦金”②或者“领主初夜权”③一样历史悠久，简直太天经地义了，根本没必要再去界定它：在决定结婚的时候，对这一条她就已经完全首肯了。她已

① 原文为法语 tableau vivant，字面意思是“活人画”，指由活人扮演的静态画面、场面或历史性场景，尤指舞台造型。

② 古时候英格兰为向丹麦进贡或筹措抗丹军费而征收的一种年度税，后作为土地税沿袭征收。

③ 传说古时候存在这样一种封建权利，即领主有权要求其臣属的女眷将其新婚初夜的交媾权利奉献给他。

经同意，这样做是对的，对她做这样的事情并没有错。仪式之后，当她和爱德华以及双方父母排着队回到昏暗的圣器收藏室注册时，他们都签下了自己的名字，同意了这件事，至于其余的那些——什么顺理成章的成熟啦，婚礼上漫天抛洒的五彩纸屑啦，蛋糕啦——都只是一种彬彬有礼的分散注意力的花招罢了。假如她不喜欢这样，那么她本人应该对此负责，因为在过去的那一年里，她所有的选择最终都要落实到这件事上，这全是她自己的错，这下糟了，她真是觉得自己快要吐出来了。

当爱德华听到她的呻吟时，他觉得此刻自己的幸福几乎可以算是尽善尽美了。他记得当时自己乐颠颠、轻飘飘的，双脚似乎腾空起来，比地面高出了几英寸，于是，他一下子就舒心惬意地凌驾于她之上了。他的心提起来，半路上被某种亦喜亦忧的情绪挡住去路，心便仿佛卡在喉咙口，别别直跳。她的一双手在离他腹股沟不远的地方轻轻抚摩，让他好不兴奋，她那惹人怜爱的身躯顺从地埋进他的怀抱里，从她鼻孔里传来急促的呼吸声，听来教人心潮澎湃。他抵着她的舌往前推，她的舌便轻柔地裹住他，这感觉引领着他攀上陌生的狂喜的顶峰，只觉得肋骨以下凉凉的，异常敏感。或许不久以后的某一天，他能说服她——没准就在今晚，没准她根本就不需要说服——将他那玩意儿塞进她柔软而漂亮的嘴里。不过他现在得尽快把这个念头抛开，因为弄不好他真的有早泄的危险。他能感觉到那股劲儿已经开始上来了，推着他向出丑的方向倾斜。幸好，他及时想到了新闻，想到了首相大人哈罗德·麦克米伦的那张脸，想起他高高的个子，佝偻着身子，活脱脱一头海象，他是战场上的英雄，也是一台老迈的缓冲器——说他什么都行，反正跟性无关，他是建功立业的理想人物（倒是正符合爱德华现在的要求）。贸易逆差，薪金冻结，关于转售价格的维持规定。有人骂他将大英帝国拱手出让，然而，随着一阵阵逆转了方向的风吹彻非洲[①]，实际上他已别无选择。设若换一个工党人士当政，谁都别想得到相同的讯息。何况他刚刚将他内阁的三分之一人马统统解雇，弄得刀光剑影，人心惶惶。有一条新闻标题写“刀子麦克”，另一条干脆就是“麦克白！”那些思路正统的人埋怨他把整个国家埋进了电视机、汽车、超级市场和其他垃圾的雪崩中。可他

① 指非洲殖民地陆续脱离英国统治。

好歹让人们得到了他们想要的东西。面包也有了，马戏也有了。一个崭新的国家。现在他想让我们融入整个欧洲[①]，谁敢担保，他就一定错了呢？

阵脚总算是稳住了。爱德华的思绪散开，再度把心思放到自己的舌头上，集中于舌尖，而与此同时，弗洛伦斯打定主意，她再也忍不下去了。她觉得自己给绑住了，快要窒息了，闷死了，一个劲地犯恶心。她能听见一个声音稳稳地升起，并不是按照音阶顺序来的，而是缓缓地滑奏，既不怎么像小提琴，也不太像人声，而是介乎两者之间，且愈来愈响，响到叫人难以忍受，却并没有留下一段能用耳朵听见的音域。这夹在小提琴与人声之间的声音叫人似懂非懂，正在用某些比单词更原始的齿擦音和元音告诉她一件要紧事。这声音或许在房间里，或许在外面走廊上，也可能只是在她耳朵里回旋，就像一阵耳鸣。说不定这声音压根就是她自己折腾出来的。她无所谓——她得出去。

她猛地把脑袋抽出来，挣开他的怀抱。尽管他惊慌失

① 指英国申请加入欧共体。这个过程可谓一波三折，保守党和工党为此争论不休，导致英政府在申请过程中态度不坚决，过分顾及自己的利益及既往遵循的依赖美国的外交政策，因而屡次遭到欧共体否决。直到 1973 年，英国才最终加入欧共体。

措地盯着她看，嘴巴还张得老大，脸上的表情正是要发问的样子，她还是抓住他的手，引着他往床那边走。她犯着拧，甚至有点儿精神紊乱，恨不能从房间里跑出去，穿过花园，沿着小路直跑到海滩，在那里一个人坐一会儿。哪怕独处一分钟也有好处。可是她的责任感实在是强得可怕，她抗拒不了。她无法忍受让爱德华失望。而且她也相信这完完全全是她的错。但凡出席整个婚礼的宾朋与至亲能无形无迹地挤进房间来旁观，这些幽灵都会站在爱德华那一边，支持他那迫切的、合理的渴望。他们会认定她有毛病，他们是对的。

她也知道，她现在的行为很可怜。为了活下去，为了逃离某个可怕的时刻，她就只能给赌注加码，全力应付下一场，同时还给了他一个毫无益处的印象：她本人很渴望这样做。最后一幕戏不可能被无限期推迟。那个时刻正伸长了脖子等着他呢，而她却傻乎乎地向它走过去。她陷在一场游戏里，而她无法对游戏的规则提出质疑。她无法逃离的那套逻辑驱使着她引着爱德华，或者说拖着爱德华穿过房间向那扇敞开的卧室门，向那张窄窄的四柱床，向床上平滑的白床单走过去。她不晓得去了那里以后该怎么做，但至少那个可怕的声音停下来了，抵达目的地尚需几秒钟，就在这点时间里她的嘴巴和舌头又成了她自己的，这样她就能透一口气，尽力成为自己的主人。

第二章

他们是怎么会相遇的？为什么这双生活在现代的爱侣，会如此羞怯如此纯洁？他们自以为老成到不至于相信命运，然而，有一点他们却觉得自相矛盾：如此意义非凡的相逢竟纯属偶然，取决于上百个微不足道的事件和选择。它没准儿根本就不会发生——这种可能性是多么吓人啊。爱潮初涨时，他们常常惊叹，十岁之后的头几年里，他们各自的路径曾如此切近地交叉过，当时爱德华偶尔会从位于切尔顿山的那个脏兮兮的家——从那偏僻的环境里跑出来，到牛津走走。在城里那些出名的青年集会上；在九月的第一周赶"圣吉尔斯集"时；或者在五月一日黎明参加"五月早晨"[①]活动（他们都觉得这是个荒唐透顶、名不副实的仪式）时；或者在"切维尔船屋"租一艘平底船时——虽说爱德华统共才干过那么一次；又或者，将近二十岁的那几年里，跑到特尔酒吧[②]里非法喝酒的时候，他们肯定曾擦肩而过——相信这一点可真是叫人开心啊。他甚至想，也许他跟其他十三岁的男孩子一起坐校车去过牛津高中，在一场综合知识竞赛里被那些跟大人一样见多识广、镇定自若得叫人害怕的女孩子全线击溃。没准那是另一所学校。弗洛伦斯不记得自己入过这样的队，不过她承认，这样的事儿她很喜欢干。他们俩把各自印象中的牛津地图和实际地图放在一起比较，发现彼此挺能对得上号。

此后，他们的孩提岁月和学生时代相继结束，到了一九五八年，他们都选择了伦敦——他上了大学学院，她则在皇家音乐学院念书——顺理成章地，他们没有相遇。爱德华借宿在卡姆登镇一个寡居的姑母家，每天早晨骑自行车到布鲁姆斯伯里。他整日用功，周末和室友一起踢踢球，喝喝啤酒。他喜欢偶尔在酒吧外面打个架什么的，直到后来被这个爱好弄得下不来台为止。有一项精神娱乐是他颇为看重的：听音乐，那种强劲有力的电子合成蓝调，日后它

---

① 牛津的传统仪式，每年五月一日举行，从清晨开始持续数小时，其中包括唱诗、舞会等，甚至还有牛津学生从马格达雷那桥上跳水的危险节目。

② 牛津最古老的酒吧。

摇身一变，成了英式摇滚真正的前身、不可或缺的引擎——终其一生，他都认为这种音乐远比数年之后即将风靡全球的那些来自利物浦的傻头傻脑的“三分钟歌厅小调”[①]强。入夜，他常常离开图书馆，沿着牛津街走到“一百俱乐部”[②]，听约翰·梅耶尔领衔的“四号发电站”乐队，或者听阿历克西斯·考纳，听布莱恩·奈特。三年求学期间，那些在俱乐部里度过的夜晚代表了他文化体验的巅峰，在此后的岁月中，几经思索，他认为正是这种音乐奠定了他的品味，甚至塑造了他的人生。

他所认识的那几个少得可怜的女孩——那些年里女大学生为数不多——都是从郊区跑来听讲座的，将近傍晚时就离开，显然都给父母管得严严实实，非得六点前回家不可。这些姑娘虽然没直说，但明摆着要给人这样的印象，她们是在替一个未来的丈夫“守身如玉”。当时可没有什

---

① 联系上下文，此处应该指上世纪六十年代风靡全球、出身于利物浦的“披头士乐队”的音乐。所谓的“三分钟歌厅小调”，原文是 three-minute music-hall ditties，专指结构极其简单、缺乏感染力的无聊小曲。在英国，music hall 常用来指歌舞杂耍剧场，与汉语中的“歌厅”相近，可能正是上述这种说法的源头。从原文得知，主人公的感情倾向明显而强烈，因此译者将此词处理成略含贬义的“三分钟歌厅小调”。

② 一百俱乐部（Hundred Club），欧洲最著名的现场流行音乐表演场所。

么模棱两可的事儿——但凡你跟这些姑娘里的哪一位上了床，就一定得娶她。有两个朋友——足球都踢得挺棒——就走上了这条路，在大二就结了婚，从此销踪匿影。这些不幸的家伙里头，有一位的经历尤其具有警示作用。他把大学行政办公室一个姑娘的肚子给搞大了，然后，按照朋友们的说法，他给“拖到了圣坛”，随即消失了一年，直到有人在普内大街上看到他推着一辆婴儿车为止——要知道，在那个年月，一个大男人干这样的活儿还是很丢面子的。

当时避孕药还只是登在报上的一条小道消息，一个荒诞的承诺，是又一个与美国有关的传奇故事。从“一百俱乐部”里听来的蓝调音乐让爱德华隐隐觉得，就在他身边，在看不见的地方，与他年龄相仿的男人正在过着激情四溢、不知疲倦的性生活，花样百出，快意十足。流行音乐还算平和的，在这档子事上尚且忸怩作态，电影就更直白一点，然而，在爱德华的圈子里，男人们还是只能满足于讲讲黄色笑话，要不就是猛灌一通酒以后躁动不安地夸耀自己雄风傲人，吵吵嚷嚷地渲染哥们义气，而这样做就愈发减少了与女孩子邂逅的机会。社会变化的步伐从来不是整齐划一的。有传闻说，在英语系，在亚非学院门口那一带的马路上，在政治经济学院门口的国王路上，那些穿着黑色紧身牛仔裤和黑色高翻领套头衫的男男女女动不动就上床，根本就不用去拜见各自的家长。就连吸大麻的传言也时有耳闻。有时候爱德华会试探着从历史系信步走到英语系，心里盼着能窥见人间天堂的蛛丝马迹，可是那些走廊，那些布告牌，甚至那些女人看起来都没什么两样。

弗洛伦斯在伦敦的另一头，靠近阿尔伯特音乐厅，住在一座整洁的女生宿舍里，那里十一点熄灯，无论何时都禁止男士造访，而女孩子们总是忙着相互串门，来去一阵风。弗洛伦斯每日练琴五小时，还会跟女伴一起去听听音乐会。她最喜欢到威格莫尔音乐厅听室内乐演奏会，特别是弦乐四重奏，有时候一礼拜连听五场，既赶午场，也听晚场。她喜欢那里黑暗中的肃穆，喜欢后台日渐褪色、斑驳剥落的墙，喜欢门厅里熠熠闪光的木工和深红色地毯，喜欢宛若一条镀金隧道的观众席，有人告诉她，舞台上方那著名的穹顶上描绘的是人类对于音乐这种宏伟壮丽的抽象艺术的极度渴望，而那团永恒的火焰则象征着和弦之灵。她敬重那些上了年纪的人，这些维多利亚时代最后的遗老，要花好几分钟才能从出租车里钻出来，拄着拐杖蹒跚到座椅旁，正襟危坐、沉默不语地侧耳聆听，有时候他们还会带来格子呢毛毯，覆在膝盖上。这些"活化石"枯槁的头颅冲着舞台方向谦恭地倾斜着，在弗洛伦斯眼里，他们象征着久经沙场的经验和睿智的判断力，或者叫人联想起某种高超的音乐技艺——如今手指得了关节炎，再也无法胜任了。另外，曾有那么多举世闻名的音乐家在这里演出过，多少伟大的音乐生涯正是从这座舞台起步的，想到这一点，就会有种单纯的兴奋油然而生。就是在这里，她听到了十六岁的大提琴家杰奎琳·杜普雷[①]的首场演出。弗洛伦斯自己的喜好并非卓尔不群，但格外强烈。她先是对贝多芬的"作品第十八号"迷了好一阵子，接着又爱上了他晚期的那些伟大的四重奏。后来是舒曼和勃拉姆斯，再后来，她在去年听了弗兰克·布里奇、巴托克和布里顿的四重奏。三年里，她在威格莫尔音乐厅里把所有这些作曲家都听了个遍。

第二年，她得到一份在后台打杂的兼职，比如在宽敞

---

① 杰奎琳·杜普雷（1945—1987），英国人，二十世纪最杰出的大提琴演奏家之一，五岁即展现国人天赋，十六岁开始职业演奏生涯，后因罹患多发性硬化症而英年早逝。

的休息室里替演员泡泡茶，蹲在窥视孔边上，看到艺人下台就赶紧把门打开。在演奏室内乐作品时，她也会替钢琴家翻翻乐谱，有一天晚上，她还真的站到了本杰明·布里顿[1]身边，当时的曲目是海顿、弗兰克·布里奇及布里顿本人的声乐作品。有个唱童声高音的男孩，还有彼得·佩尔斯[2]，后者与那位伟大的作曲家并肩下台时塞了张十先令的钞票给她。她在隔壁发现了练琴室，就在钢琴陈列室下面，像约翰·奥格登和切卡斯基那样传奇式的钢琴家整个上午都泡在里面，来来回回地敲打音阶、练习琶音，简直像是神经错乱的大一新生。音乐厅成了她的第二个家——她觉得，每一个昏暗而邋遢的角落，甚至那些一直通往盥洗室的冷冰冰的混凝土台阶，都属于她。

她有一项工作是打扫演员休息室，某天下午她在一只废纸篓里看见一张用铅笔写的谱注，那是“阿马迪斯四重奏”扔下的。那笔迹既乱又淡，几乎无法辨认，内容涉及舒

---

① 本杰明·布里顿（1913—1976），英国著名作曲家、钢琴家、指挥家，代表作包括《弗兰克·布里奇主题变奏曲》和歌剧《彼得·格赖姆斯》等。

② 彼得·佩尔斯（1910—1986），英国著名男高音歌唱家，是布里顿事业上和感情上的终身伴侣，两人在音乐界的合作催生了大量优秀作品，成就一段乐坛佳话。

伯特四重奏第十五号的第一个乐章。当她终于破译出那几个词是“用力奏一个B音!”时，不由得一阵兴奋。弗洛伦斯忍不住半真半假地想，她收到了一条要紧的讯息，要不就是一个关键的提示，于是，两周之后，就在她毕业那年开始不久，她就邀请了学院里三个最出色的学生，加入她自己张罗的四重奏。

只有大提琴手是个男人，可是，她对查尔斯·洛德威一点儿都不来电。学院里的那些男人，那些专心致志的音乐家，雄心勃勃，除了他们选定的乐器和保留曲目以外一无所知，他们从来就不会被什么东西深深打动。一堆女孩子里但凡有一个跟另一个男学生敲定了关系，她就会一下子从公众场合销声匿迹，就跟爱德华的球友一模一样。就好像那年轻女子进了一家修道院似的。既要跟男孩约会、又要跟老朋友来往是不可能的，既然如此，那么弗洛伦斯宁可跟她宿舍里那伙女孩子黏在一起。她喜欢互相善意地开开玩笑，喜欢亲密无间、一团和气，喜欢女孩儿家把彼此的生日看成天大的事，也喜欢在你不小心得了流感的时候，她们忙忙碌碌、津津有味地张罗水壶、毛毯和水果。她觉得自己在学院里的日子真是过得自由自在。

爱德华与弗洛伦斯各自的伦敦地图鲜有交叉之处。对于菲茨洛维亚区和索霍区的酒吧她几乎一无所知，而且，尽管她一直打算去大英博物馆的阅览室看看，却从未成行。而他对于威格莫尔音乐厅或者她那个区里的茶室，压根儿就没有一点概念，而且，他既没有在海德公园里野餐过，也没有在蛇湖[①]上泛过舟。他们颇为激动地发现，一九五九年，他们曾同时与两万人一起聚在特拉法加广场，坚决要求禁止生产原子弹。

伦敦的课程结束之后，他们游游荡荡地回到各自的家乡，在童年时代便已熟稔的静谧中懒散地打发又热又无聊的一两个礼拜，等待考试成绩发布，直到此时，他们方才相遇。后来，这一点最让他们匪夷所思——只消一丁点儿改变，那次邂逅便不会发生。在爱德华看来，那个特殊的日子完全可能像其他大多数日子一样等闲度过——躲到狭小的花园的角落里，坐在高大的榆树阴下一张覆满青苔的长凳

---

① 海德公园内的一面大湖。

上读书，避开母亲的叨扰。五十码之外，她的脸苍白而模糊——就像她笔下的某幅水彩，她会坐在厨房窗前，或是守在起居室窗口，一待便是二十分钟，定定地看着他。他努力想忘却她，可是她的凝视就像她的手，触到他的背，碰到他的肩。然后，他会听到她在楼下弹钢琴，磕磕绊绊地敲完她从《安娜 · 玛格达莱娜笔记》[①]上学来的一支曲子，当时，他统共只认得这么一部古典音乐作品。半小时之后她或许会回到窗口，继续瞪着他发呆。只要她看到他拿着一本书，就不会跑出来跟他讲话。多年以前，爱德华还是个小男生的时候，他父亲就耐着性子叮嘱过她，儿子用功的时候千万不要打断他。

那年夏天，期末考一结束，他的兴趣就集中到狂热的中世纪教派和他们那些疯疯癫癫、神经兮兮的领袖（他们通常声称自己是弥赛亚）身上去了。就在同一年里，他读了第二遍诺曼 · 科恩的《追寻千年盛世》[②]。受《启示录》和

---

① 据说这是巴赫的第二任妻子安娜 · 玛格达莱娜所记录并改编的她所钟爱的巴赫作品，也可能包含与其同时代的其他人的作品。

② 该书的副标题是“中世纪与宗教改革时期欧洲的革命乌托邦主义及其对现代极权主义运动的影响”，是二战后英国著名的史学著作。

《但以理书》中阐释的天启末世观念的影响，他相信教皇是反基督的，世界末日须臾将近，惟有纯洁清白之人才能得到拯救，相信成千上万的暴民将横扫德国乡间，一个个镇子跑过去，但凡见到一个犹太人，便格杀勿论，他们也不会放过牧师，有时候连富人都不能幸免。然后，当局将对这些运动实施残酷镇压，而相隔数年之后，别处又会冒出另一个教派来。爱德华一边过着既无聊又安全的日子，一边读着这些周期性发作的非理性事件，直看得心惊胆战、浮想联翩，想想自己好歹生活在一个宗教势力大体上消弭到微不足道的时代，真是谢天谢地。当时他正在寻思，如果成绩够好的话，他是不是该攻读博士学位。他可以把这些中世纪的疯狂之举当成研究方向。

漫步在山毛榉林里，他梦想着自己能写出一连串简短的人物志，描摹那些靠近重大历史事件中心的半明半昧的人物。头一个是罗伯特·凯利爵士，当年他骑着马花了七十个钟头，从伦敦赶到爱丁堡，将伊丽莎白一世的死讯通知其继承人——苏格兰的詹姆斯六世。凯利是个很有意思的人物，他颇为出色地完成了自己的回忆录。他曾跟西班牙无敌舰队打过仗，本人是个出名的剑客，还是“宫廷大臣剧团”的赞助人。按理说，他单骑北行的壮举应该换来新国王的恩宠，然而，到头来却还是跌进了半红不黑的境地。

换一套更现实的思路，爱德华觉得自己应该找份正规的工作，在某所中学里教教历史，这样就肯定不用服兵役了。

不看书的时候，他通常会四处闲逛，先是走上小路，再沿着石灰大道，一直走到北角村，那里住着他念中学时的朋友西蒙·卡特。可是，就在那个特别的上午，爱德华偏偏看厌了书，听烦了鸟叫，对乡间的宁谧也意兴阑珊，于是他从车棚里推出少年时代骑的破破烂烂的自行车，升高车座，再把轮胎的气打足，也没什么特别的安排，就出发了。他口袋里揣着一张一英镑的纸币和两个两先令六便士的硬币，只想往前运动运动就够了。刹车闸几乎没法用，因而他的车速鲁莽至极，一路狂奔着穿过一条绿色的隧道，从陡峭的山坡直冲下去，再依次经过巴拉姆农场、斯特雷西农场，驶入斯托纳山谷，然后，就在飞速经过公园的铁栅栏时，他决定要再骑四英里，跑到汉雷镇去。抵达汉雷镇之后，他直奔火车站，心里只有个朦胧的念头，打算到伦敦去看看朋友。可是，等在月台上的火车却是往另一个方向开的，直奔牛津而去。

一个半小时之后，他在正午的热浪中漫步穿过牛津市中心，仍然略感无聊，还恼恨自己浪费了时间和钞票。当年这里曾是他那块小地盘的首都，在他几乎整个少年时代里，想找点乐子，也就只能指望这里了。然而，见识过伦敦以后，牛津简直就像个玩具小镇，不但叫人直倒胃口，而且土里土气，那副装腔作势的样子可真够荒唐的。一座学院门口的树阴下，有个戴呢帽的门房幽怨地看着他，弄得他几乎想转过身去跟他讲讲话。但爱德华没有这样做，他还是决定去给自己买一品脱啤酒开怀畅饮一番。他沿着圣吉尔斯大街朝“老鹰与孩子”酒吧走，路上看见一张手写的招牌，宣告午餐时有个当地举办的核裁军集会，不由一阵踌躇。他不太喜欢这些狂热的聚会，无论是装腔作势、巧舌如簧的调调，还是如丧考妣、正义凛然的做派，他都不喜欢。核武器当然十恶不赦，当然应该禁止，可他在集会上还从来没听到什么新鲜的说法。尽管如此，他到底是个缴清了会费的会员，眼下又没别的事可干，心里便依稀涌起一阵履行义务的冲动。为拯救世界出力，他义不容辞。

他沿着一条砌着花砖的走廊往前，走进昏暗的厅堂，低矮的房梁上过漆，厅里散发着一股子教堂里特有的木漆与灰尘混杂的味道，一个带着回声的杂音在其中轻轻响起。就在他的眼睛忙着适应的时候，映入他眼帘的第一个人就是弗洛伦斯，她站在一扇门边，在跟一个筋骨结实、手里攥着一叠宣传册的黄脸瘦子聊天。她身穿一条白色棉质连衣裙，宛如一袭派对礼服般光彩照人，一条窄窄的蓝皮带紧紧系在腰间。一时间，他以为她是个护士——从某种抽象的、传统的眼光看，他觉得护士很色情，因为(他喜欢这样想入非非)她们对他的身体及其需求均了如指掌。她跟大多数他在街上看到的女孩子都不一样，她没有把视线移开。她的眼神似含讥带讽，又仿佛幽默感十足，或许还流露出几许无聊，想找点乐子。那真是张奇特的脸，当然很漂亮，不过是那种骨骼结实、富有雕塑感的漂亮。在厅堂的一片昏黄中，从高处一扇窗户射进来的光照在她的右侧，那光线别样的质地将她的脸映衬得宛若一张精雕细琢的面具，既生气勃勃，又镇定自若，很难揣摩。他一步不停地走进了房间。他朝她走过去的时候，一点儿都不知道自己应该说什么。万事开头难，他对此向来一筹莫展。

他靠过来，她凝神看他，等他凑到足够近时，她从朋友手里的那堆宣传册上拿了一本，说："给你一本好吗？说的是氢弹要落到牛津的事儿。"

他从她手里接过宣传册的时候，她的手指在他手腕内侧慢慢划过——显然不是碰巧。他说，"我可想不出还有什么更乐意看的啦。"

那个待在她身边的家伙看上去恶狠狠的，等着他走开，可是爱德华站在原地，一步也不肯挪。

先前她也在家里坐立不安。那是一幢建于维多利亚时期的哥特式风格的大别墅，就在班布里路附近，十五分钟就能走到。她母亲维奥莱特整天都在热火朝天地给期末试卷评分，弗洛伦斯的日常练习让她不胜其扰——比如反复弹奏音阶和琶音啦，操练操练双音啦，做几个记谱测试啦。维奥莱特用的词儿是"叽叽喳喳"，好比说，"亲爱的，我今天的活还没干完呢。你能不能忍着点儿，把你那套叽叽喳喳的玩意留到茶点时间之后再鼓捣？"

那本应是个善意的玩笑，可是碰巧弗洛伦斯那个礼拜有点不对劲，动不动就发火，就把这句话当成了进一步的凭证，表明母亲对她的职业不满意，而且，因为她对音乐总体上就没好感，所以对弗洛伦斯本人也生出了敌意。她知道对母亲应该有点同情心。母亲五音不全的程度实在离谱，连一首曲子都记不住，如果脱离语境，哪怕是国歌和生日歌，她都分不清楚。她属于那种说不出一个音符跟另一个音符之间究竟孰高孰低的人。这可是跟畸形足、兔唇不相上下的缺憾与不幸，不过，在肯辛顿[①]相对自由的环境里呆过以后，弗洛伦斯觉得家里的生活多少有点压抑，就怎么也调动不起自己的同情心了。比方说，她并不介意每天早晨整理床铺——她向来如此——可她讨厌每天早餐时被人追问到底有没有整理过。

出门在外时，父亲常常唤起她种种矛盾的情感。有时候她觉得对他的肢体颇为抵触，简直一看到他就受不了——他那微微闪光的秃顶，小小的白皙的手，他那层出不穷的做大生意多挣钱的花招。还有他高亢的男高音，恩威并施的口气，匪夷所思的重音分布。她讨厌听到他热情洋溢地闲扯那艘被他寄存在普尔港的船——船名荒唐得紧，叫什

① 弗洛伦斯所在的皇家音乐学院的主建筑位于伦敦南肯辛顿。

么“小糖果”。他对某种新款船帆、某种“由船至岸的无线电”以及某种特殊的游艇漆的描述，总是会让她着恼。她十二三岁的时候，他带着她出过几次海，横穿过海峡，直到瑟堡附近的卡特雷。关于那几趟旅行，后来他们谁也没提。他再也没叫她去过，而她也挺高兴。然而，有时候，一阵关切之情掺杂着内疚的爱意涌上心头，她会在他坐着的时候张开双臂，从背后抱住他的脖子，亲亲他的头顶，再用鼻子蹭蹭他，她很喜欢他身上那股清清爽爽的香味。她会把这全套动作都做完，事后又为此觉得自己很可厌。

而她的妹妹也让她看不惯，非但新学了伦敦东区口音，而且渐渐积累起对钢琴愚钝不堪的资质。既然露丝在酒吧里装着连四拍子都不会数，她们俩又怎么才能达到父亲的要求、替他演奏一支苏泽[①]的进行曲呢？

一如往常，弗洛伦斯善于不让她的家人看穿自己的情感。这根本不需要费什么劲——无论何时，只要有可能走得比较含蓄，她就干脆抽身离开房间，然后她会很高兴，因为她对父母或者妹妹既没有恶语相向，也没有出口伤人；否

---

① 苏泽（1854 — 1932），美国作曲家，改良大号为苏萨号，作有进行曲一百余首。

则她会内疚得彻夜难眠。她时常提醒自己，她是那么爱自己的家，这样很管用，能引诱她闭上嘴。她很清楚，人跟人会吵架，甚至会闹得天翻地覆，然后又会和好如初。可是她不晓得该怎么开始——她就是没有那个技巧，不懂该怎么消解误会，而且她向来不太相信，伤人的话一旦出口，还能再收回去，或者忘得精光。最好还是把事情处理得简单点。于是她只能怪自己不好，每每此时，她便觉得自己活像是报上的某个卡通人物，两只耳朵嘶嘶地往外淌水。

何况她还有别的顾虑。她究竟是该跑到一家外省的管弦乐团去干一份后勤文职工作呢——但凡能挤进伯恩茅斯交响乐团，她就算很走运了——还是应该靠她父母，说白了就是靠她父亲再供养一年，好将弦乐四重奏张罗起来，接下第一宗演出邀约？那样就意味着吃住都得在伦敦，可她不愿意向杰弗里多要钱。大提琴手查尔斯·洛德威倒是乐意将父母家空着的那间卧室借给她，可他是个神情阴郁、神经兮兮的家伙，他的目光会越过乐谱架，定定地、意味深长地凝视她。但凡在他这里借宿，她就得仰其鼻息。她晓得只要她张口，有一份全职工作随时能到手——她可以在南伦敦一家破败的大饭店里加入一个“棕榈院”式的三重奏[1]。对于届时必须演奏的音乐种类，她倒是没什么顾虑——反正也没人听——然而，出于某种本能，或者说根本就是势利眼在作怪吧，她认定，克罗伊登[2]是个既不能居住也不能靠近的地方。她说服自己，她在学院里的考试成绩能帮着她决定何去何从，于是，就像往东十五英里之外，待在那片树木葱茏的山区里的爱德华一样，近来她也把自己困进了某种“候见室”，焦躁不安地等着她的人生次第展开。

回想在学院里，弗洛伦斯从一个女中学生脱胎换骨，诸般蜕变似乎都未曾引起家人的注意。她渐渐发觉，父母的政治主张实在叫人反感，如今她至少能由着自己的性子在饭桌上公开唱反调了。于是，在那些漫长的夏夜里，大小争论绵延不息。这可以算是某种发泄，但这样的对话通常也弄得她很不耐烦。对于女儿加入核裁军委员会的事儿，

---

① 所谓的“棕榈院”(Palm Court)一般指高级饭店内的酒廊区域。大饭店内常驻的三重奏组合(小提琴、大提琴、钢琴)或管弦乐团通常在该区域为下午茶、正餐或餐后舞蹈提供伴奏。由此引申，常把此类较为通俗、旨在取悦客人、配合气氛的舞曲和轻音乐称为“棕榈院”风格。

② 英格兰东南部城市，属于大伦敦郡南部。相对于伦敦市中心，此地当然较为贫穷、混乱。

维奥莱特倒是真的很感兴趣，可是弗洛伦斯觉得，有这么一位哲学家母亲，实在叫人厌烦。她先是听完女儿的话，然后发表自己的意见，装出一副镇定自若——或者，更准确地说，是哀其不幸的样子，惹得女儿火冒三丈。她说苏联是一个愤世嫉俗的暴力政权，是一个残酷无情的国家，其一手策划的种族清洗，规模甚至比纳粹德国有过之而无不及，此外还控制着一系列庞大的、简直匪夷所思的政治犯集中营。接着，她又说起公审大会，审查制度，以及法制的欠缺。苏联践踏了人格尊严和基本人权，对于周边地区，它是令人窒息的侵占者——维奥莱特在学术圈结交的朋友里，既有匈牙利人，也有捷克人——也是狂热的领土扩张主义者，一定得像反抗希特勒一样反抗它。如果因为我们没有坦克和人力来捍卫北德平原，所以无法与其抗衡，那么也一定得抵制它。再过几个月，她就会把矛头指向柏林墙的建成，声称证据就此完备——共产主义帝国如今已经成了一座庞大的监狱。

弗洛伦斯打心眼里认为，苏联纵然有千般错处——毫无疑问，与其说那是用心险恶的步步为营，倒不如讲它笨头笨脑，效率低下，处处设防——然而究其根本，在世界范围内，它是一股创造福祉的势力。它曾经，而且向来都谋求解放被压迫者，勇于反抗法西斯主义和贪婪的资本主义的蹂躏。拿它与纳粹德国相提并论，真叫她恶心。在维奥莱特的理论中，她认出了典型的亲美宣传口径。她对母亲很失望，甚至还把这话说出了口。

至于她父亲的观点，不过就是生意人的那点觉悟罢了。若是灌下半瓶酒，他遣词造句就会显得尖锐一点：哈罗德·麦克米伦一点儿劲都没使便放弃了帝国，他是个傻瓜；没有强行对工会限薪，他是个大傻瓜；对欧洲佬卑躬屈膝，求着加入他们那个用心险恶的俱乐部，他真是个可怜巴巴的大傻瓜。弗洛伦斯发觉，跟杰弗里对着干更难。在她幼时享受的种种特权中，最突出的就是那份热烈的、原本也许该倾注在一个兄弟、一个儿子身上的关切。去年夏天，她父亲下班后定时开着他的“汉堡”车来接她，好让她一过二十一岁生日就能拿到驾驶执照。可她没通过。从五岁开始上小提琴课，暑假里在一所专业学校里进修，还有滑雪课、网球课和被她断然拒绝的飞行课。除此之外，还有那些旅行：就他们两个人，在阿尔卑斯山、内华达山和比利牛斯山远足，那些特别招待会，那些到欧陆城市里住一晚的商务旅行——在那些城市里，她和杰弗里总是住最高级的饭店。

正午刚过，弗洛伦斯跟母亲闹了场无声的别扭，起因是一件鸡毛蒜皮的家务事——维奥莱特对女儿使用洗衣机的方式有点不以为然，于是弗洛伦斯说她要去寄封信，不在家吃午饭了，然后扬长而去。她在班布里路口向南拐，直奔市中心而去，心里隐隐期待着到装有顶棚的露天市场里逛逛，没准儿能撞见中学里的老同学。也可以在那里买个面包卷，跑到基督堂草坪，在树阴下、河水边吃掉它。她在圣吉尔斯大街注意到那块招牌时，比爱德华早了十五分钟，然后心不在焉地漫步进门。当时她满脑子都在想自己的母亲。在学生宿舍里和那些可亲可爱的朋友们厮混许久，再回到家里，她发觉，自己和母亲在肢体上是何等疏远。即便在弗洛伦斯小时候，她也从来没吻过她，没抱过她。维奥莱特几乎从来没碰过自己的女儿。或许这样也挺好。她这人瘦骨嶙峋，说实在的，弗洛伦斯对她的爱抚没什么渴望。即便从现在开始，也太迟了。

用了几分钟，弗洛伦斯从阳光下走进大厅里，她发觉，显然，走进门来是犯了个错。就在眼睛适应光线的当口，她用那种漫不经心的、仿佛在“阿什莫林博物馆”看银器的目光将四周打量了一番。突然间，一个北牛津的男孩从黑咕隆咚的地方冒出来，把她给困住了，此人二十二岁，戴一副眼镜，形容憔悴，名字她已经不记得了。他连句开场白都没有，就冲着她描述起来，说只要有一颗氢弹落在牛津，就会出现怎样怎样的后果。约莫十年前，他们俩都只有十三岁，他曾经邀请她去过他位于帕克镇的家(与此地仅隔三条街)，让她膜拜一个名叫电视机的新玩意儿，那是她头一回看电视。雕花的桃花心木门板上嵌着一方小小的灰蒙蒙的屏幕，上面有个穿着无尾礼服的男人坐在一张书桌前，看起来整个画面上都飞舞着狂风暴雪。弗洛伦斯觉得这是个毫无前途可言的荒唐的新发明，不过自此以后，这个小子——约翰？大卫？迈克尔？——似乎认定她欠了他的情，喏，现在他又来讨债了。

他夹在胳膊下面的两百本宣传册宣布了牛津的命运。他想让她帮着在镇上散发散发。他凑过来的时候，他发乳的香气整个儿裹住了她的脸。在昏暗的灯光下，他那纸一般薄的脸上的黄疸微微闪光，双眼被厚厚的镜片一遮，成了窄窄的黑缝。弗洛伦斯不想显得很无礼，只能把脸扭做一团，用力做了个鬼脸。瘦高个的男人总有点叫人着迷的地方，他们的骨头和喉结如此一目了然地在皮肤底下抽搐，还有长得像鸟一般的面孔，俯下身子、如同饿鸟扑食般的姿势。他正在描述的弹坑有半英里宽，一百英尺深。放射线会把牛津弄得一万年都没法靠近。话说到这份上，已经越来越像一份判决书。然而，事实上，屋外，城市在初夏的树叶中美得如火如荼，太阳晒暖了蜜色的科茨沃德石，基督堂草坪也正是光彩照人的时候。而在这个大厅里，她的视线只能越过小伙子窄窄的肩膀，看到几个人影在昏黄的光线里动来动去，一边窃窃低语，一边摆椅子，然后，她看见爱德华，向她走来。

隔了好多个礼拜之后，又是炎热的一天，他们在“切维尔”租了艘平底船，顺流直上到“维基装备”码头，然后回过头来向下漂回船屋。半路上，他们靠着一丛山楂泊好船，然后躺在岸上的一片浓荫里，爱德华仰面嚼着一根草茎，弗洛伦斯的头枕在他胳膊上。话说到一半，他们停下来，听到细浪在船底下轻轻拍打，那浪撞上泊船的树桩，发出闷闷的声响。时不时地吹过一阵微风，带来了班布里路上那听起来既惬意又轻快的车辆的声音。一只画眉唱着复杂的歌儿，每个乐句都处理得拿腔作调，末了到底捱不住炎热，闭上了嘴。当时爱德华正在干着各种各样的临时工，主要在一家板球俱乐部里当管理员。她则把所有的时间都花在四重奏上。他们聚在一起的时间总是很难凑，于是越发显得弥足珍贵。今天就是一个硬挤出来的周六下午。他们明白，这个日子属于盛夏的最后时光——已是九月初，树叶也好，青草也好，尽管仍然绿得一点儿都不含糊，却多少有点强弩之末的味道了。话说着说着，又讲到了他们头一回四目相对——如今，彼时彼刻已经被赋予了一个秘而不宣的神话。

为了回答几分钟前爱德华的发问，弗洛伦斯说："因为你当时没穿外套。"

"然后呢？"

"嗯，松松垮垮的白衬衫，袖子直卷到胳膊肘，下摆几乎都露出来啦……"

"胡说。"

"还有灰色的法兰绒长裤，膝盖上打着块补丁，橡胶底的帆布鞋邋里邋遢，脚趾头那里都快磨破啦。头发也挺长，差不多要盖住耳朵了。"

“还有呢？”

“因为你看上去有点儿野，就好像刚刚打完一架似的。”

“我那天上午一直在骑车。”

她倚着一只手的肘部撑起来，好仔细打量他的脸，两人的视线交织在一起。对他们来说，盯着另一个成人的眼睛，全无尴尬、随心所欲地连看一分钟，还是一种教人眩晕的全新体验。他想，这会儿他们该是离做爱最近了吧。她一把拽落了他嘴里衔着的草茎。

“你真是个老土。”

“得了吧。还有呢？”

“好吧。当时你走到门口停下来，将周围每个人都打量了一番，就好像这地方归你管似的。傲气。不，我是说，鲁莽。”

这话惹得他笑起来。“可我当时自己看自己都不顺眼呢。”

“然后你就看见我啦，”弗洛伦斯说，“于是打定主意，死死地盯着我瞧。”

“不是那么回事。明明是你朝我扫了一眼，然后打定主意，我根本不值得看第二眼。”

她吻他，不是深深的那种，而是带点儿调笑的意思，反正他是这么想的。在最初那些日子里，他觉得，像她这样出身于体面人家的仿佛从神话里走来的姑娘，跟他混到一起，这样的机会也就那么一丁点儿——没过多久，机会就来了。不过，他以为她肯定不会跟他一道出门，到这段常有人涉足的河岸边来。

他将她拉近，直到鼻尖几乎碰到一起，他们的脸笼上了一层阴影。他说：“那你觉得那是一见钟情吗？”

他的口气轻描淡写，开玩笑似的，可她还是决定把他的话当真。要到很久以后，那些焦虑才会向她袭来，不过，时不时地，她也会怀疑自己究竟在往什么方向去。一个月前，他们相互吐露爱意，那一刻既让人激动不已，也在后来的某个晚上，弄得她辗转难眠，心里隐隐担忧着自己是不是太冲动了，是不是放走了某种至关重要的东西，是不是把某种其实不属于她的东西给出去了。可是这事儿太有意思了，太新鲜了，太讨人喜欢了，太让人心醉神驰了，根本无法抵挡，爱上一个人，再把这话说出来，真是一种解放啊，她只能让自己越陷越深。此刻，在这个夏季的某个日子里，在叫人昏昏欲睡的酷热中，她在河岸边一个劲地回想他在会议厅入口处驻足的那一刻，回想她往他那个方向张望时，究竟看到了什么，感受到了什么。

为了让自己回忆得更真切，她抽出身子，挺直腰杆，视线从他的脸上移向那慢慢流淌的浑浊的绿色河水。倏忽间，这河便不再平静。就在上游，他们刚才漂来的路上，出现了熟悉的一幕：两艘超载的平底船在侧转着绕过一处河湾时，互相垂直着卡在一起，撞得不可开交，随之而来的就是那些司空见惯的尖叫，像海盗一般的怒吼，四处飞溅的水花。大学生总是自以为是、疯疯癫癫，让她不由地想起，她是多么渴望能离开这地方。即便在念中学的时候，她和朋友们就觉得这些大学生是叫人尴尬的家伙，对他们的故乡而言，这是一伙稚气未脱的侵略者。

她努力让自己的精神更集中。他的衣服固然不寻常，但吸引她注意的还是他的脸——一个若有所思、精巧雅致的椭圆，高高的额头，黑黑的眉毛又长又弯，还有他那散漫地扫过宣传册、进而凝注在她身上的目光，沉静如许——仿佛他根本就没待在房间里，而只是在凭空想象，仿佛她是他的梦中人。记忆毫无裨益地添上了一处她原本听不见的东西：他说话的时候略带点乡下腔调，跟当地的牛津口音差不了多少，有那么点西南部的味道。

她转回头对着他。“我对你挺好奇的。”

可是，实际情形要比“好奇”抽象得多。当时，她甚至并不想满足自己的好奇心。她没想到他们会相逢，也想不出她应该做点什么好让这事儿发生。就好比，她自己的好奇心跟她浑不相干——她其实并不在这个房间里似的。坠入爱河以后，她渐渐发觉自己有多么古怪，多么习惯于封锁在自己每天的思绪里。每当爱德华问她：“你觉得怎样啊？”或者，“你在想什么啊？”她的答案总是傻头傻脑。难道非要过了这么久，她才能发觉自己缺少某种别人都有的简单的思维技巧吗？这玩意是那么稀松平常，以至于别人压根儿就不提，无非是与凡人俗事亲近热络，与自己的需求和欲望息息相通罢了。这些年来，她既封闭在自我中独处，又匪夷所思地隔绝于自我之外，从来都既不想、也不敢回头看一眼。就在那间有石砌的地面、有沉重而低矮的房梁，还响着回声的大厅里，就在她和爱德华邂逅的头几秒，在他们四目相接的一瞬间，他们之间的问题，已经存在。

他生于一九四〇年七月，就是不列颠之战[1]开打的那个礼拜。后来，他父亲莱昂奈尔会跟他讲，就在那两个月的夏日时光里，历史屏住了呼吸，须臾间便定下了日后德语会不会成为爱德华的母语。直到十岁生日时，他才发觉这种说法也只能姑妄听之——举个例子，在被敌军侵占的法国各地，孩子们还是照样说法语。“特维尔荒原”连一个小村子都算不上，更像是一小片农舍，零星分布在树林里，分布在特维尔村高处那道宽阔山岭上的一块公用地上。时至三十年代末，切尔顿山东北角，连同三十英里之外的伦敦一角，都被四处蔓延的城市风貌所侵占，已俨然成了一处郊外天堂。然而，在西南角，在比肯山南部(有朝一日，此地将会出现一条滚滚奔驰着汽车和卡车的高速公路，陡然向下，穿过一条白垩土近道，径直通往伯明翰)，彼时大体上还是一成不变。

就在梅休家的农舍附近，沿着一条印着车辙的陡峭的

---

① 二战中著名战役，系人类历史上第一次空战，英军在极其危难的情况下取得对德军的胜利，从而扭转了二战的整体态势。

倾斜弯道穿过一片山毛榉林，再经过斯皮内农场，就到了沃姆斯利山谷，这山谷宛若一个穷乡僻壤里的美人儿——有位从此地路过的作家写道——被一户姓费恩的农家掌管了数百年。一九四〇年，梅休家的农舍仍然从一口井里汲水，然后一路提到阁楼上，倒进一个储水池里。家族传奇里有一节如是说：正当举国准备面对希特勒的入侵时，爱德华降生，当地的权威人士将此事当作一个紧急情况，一场卫生危机。那年九月，正当伦敦闪电战打响的当口，抄起锄头、拎着铲子的男人们来了——都是些颇为年长的男人，他们在北角村的路上挖沟开渠，将农场的水直接引到了房子里。

莱昂奈尔·梅休是汉雷一所小学的校长。每天清晨，他骑车五英里赶去上班，晚上将他的自行车推上长长的陡坡，走回特维尔荒原，前把手上挂着的柳条篮里堆满了作业和文稿。双胞胎姐妹出生在一九四五年，就在那年，他到“圣诞公共村”，花了十一英镑，从一个在大西洋护卫舰上失踪的海军军官的遗孀手里买下了一辆二手车。在那些狭窄的白垩土道上，一辆汽车从拉犁马和拉犁车身边挤过，这样的画面还是难得一见的。然而，有好些日子汽油是配给供应的，莱昂奈尔迫于无奈，只能回过头来骑自行车了。

在二十世纪五十年代早期，他回家以后的那套程序几乎与一个职业男性的典型模式毫不相干。他会带着他的文稿直接从前门走进小客厅——他把那里当成自己的办公室，然后将文稿一丝不苟地摊开。这里是整幢房子唯一还算整洁的房间，在他看来，让自己的职业生涯免受家庭环境的侵扰是至关重要的。接着，他会将孩子们巡视一遍——爱德华、安妮和哈丽特挨个上了北角村的学校，都是自己步行回家的。他会花几分钟跟玛约蕾单独待一会儿，然后走进厨房，一边准备茶点，一边收拾早饭留下的残局。

也只有等到晚饭做好以后，家务活才算大功告成。等孩子们刚刚长到可以干活的年纪，就纷纷来帮忙，却收效甚微。只有那些没被垃圾盖没的地面才有人扫，只有那些第二天急等着用的东西——多半是衣服和书——才有人整理。床从来不铺，床单基本不换，狭小而冰冷的浴室里，洗手盆从来就没人洗——你可以用一枚指甲在硬邦邦的灰色积垢上刻你的名字。要跟上迫在眉睫的需求可真够艰难的——厨房的炉子里得添煤，冬天起居室的壁炉得一直生着火，还得替孩子们备好大体干净的校服。衣服都要到周日下午洗，需要在铜制的煮衣锅下面生火。碰上雨天，一屋子的家具上都摊满了等着阴干的衣服。熨烫的活儿莱昂奈尔可干不了——每件衣服都是用一只手撸平，然后叠好的。间或有个把邻居到家里来搭把手，可是谁也不会待很久。这些活儿委实太繁重了，这些本地的女士自己也有一大家子要张罗。

梅休一家围在一张松木折叠桌边吃晚饭，身边紧挨着乱哄哄的厨房。洗碗的活儿通常都要拖到很晚才干。等大家谢过玛约蕾操持的晚餐之后，她就信步走开，去忙她自己的“事业”了，与此同时，孩子们先收拾完餐具，然后就把自己的书拿到桌上来做功课。莱昂奈尔到他的书房里批改作业，处置管理事务，一边抽烟斗一边听无线电。一个半小时以后，他会出来检查孩子们的作业，然后打发他们上床睡觉。他总是会给他们念书，爱德华和两个女孩子听的是不一样的故事。他们常常是伴着他在楼下洗碟子的声音入睡的。

他是个温和的男人，身材矮胖，活像农场里的工人，乳蓝色眼睛，沙黄色头发，短短的“军人胡”。当时他已经过了应征入伍的年纪——爱德华出生那年他已经三十八岁了。莱昂奈尔很少提高嗓门，也不会像大多数父亲那样扇孩子耳光，或者用皮带抽打他们。他希望孩子们能听话，或许是因为感觉到他肩负的责任吧，孩子们也确实顺从他。自然而然地，他们觉得待在这样的环境里是理所应当，尽管他们已经看够了朋友们的家——那些和蔼可亲、系着围裙的母亲，待在她们秩序井然的领地上。爱德华也好，安妮和哈丽特也好，从来都没有明显感觉到自己不如哪个朋友幸运。扛下那副重担的只有莱昂奈尔一个人。

直到十四岁，爱德华才彻底明白，自己的母亲有点毛病，具体时间他记不清了，反正是他五岁生日前后，她突然就变了。和两个妹妹一样，对于她神经失常的表现，他早已习以为常。她是个幽灵一样的人，一个憔悴而温和的精灵，乱糟糟的棕色头发，终日在屋子里游来荡去，恍恍惚惚地从他们的童年里穿行而过，有时候她也挺乐意说话，甚至算得上和蔼可亲，其余的时候她拒人于千里之外，一门心思沉溺在自己的爱好和“事业”里。每天的任何一个钟点——哪怕是半夜，都能听见她抖抖索索地弹着相同的简简单单的钢琴曲，总是绊在相同的地方。花园正中那块狭窄的草坪上，她“铺”了一张无形的床，她常常待在那里无所事事。平日里闹出来的那些乱子，多半就是因为她画画，尤其是水彩画(远山与教堂尖顶的画面，由前景的树木勾勒而成)。她向来既不洗画刷，也不把果酱罐子里盛的绿兮兮的水倒掉，不整理颜料和抹布，不把她笔下各种各样的尝试收集起来——大部分都没画完。她会一连几天都穿着画画用的工作服，尽管那股子作画的冲动早已偃旗息鼓。另一项活动——一度它或许被视为某种“职业疗法”——是将杂志上的图片剪下来粘在剪贴簿上。她“工作”的时候喜欢在房间里走来走去，把剪下来的纸扔得脚底下到处都是，于是纸片给踩进光秃秃的地板上积起的灰尘里。她把敞开的糨糊罐扔在椅子上、窗台上，搁在里头的糨糊刷子渐渐发硬。

玛约蕾的其他爱好包括坐在起居室的窗边看鸟，编织及刺绣，侍弄花草，对这些，她一律怀着同样迷糊、同样紊乱的热情。她多半时间都一言不发，可是有时候，碰上一桩繁难的活儿，会听见她轻声自语：“那里……那里……那里。”

爱德华从来没想过该问问自己，她到底开不开心。当然啦，有时候她会躁动不安、惊慌失措，呼吸一阵紧一阵松，瘦瘦的胳膊在身体两侧时而抬起，时而放下，所有的注意力突然都集中到孩子身上，集中到某个她觉得必须马上满足的需求上。什么爱德华的指甲太长啦，她得将某件上衣的洞补好啦，得替双胞胎洗个澡啦。她会在他们身边坐下来，毫无用处地大惊小怪一番，责骂两句，要不就把他们揽到怀里，亲亲他们的脸，或者突然就干起活来，想弥补失去的时光。那感觉几乎就是爱了，而他们也乐滋滋地顺着她。不过，根据以往的经验，他们知道家里的现状是严酷的——指甲钳也好，相配的线也好，都是找不到的，把水烧热洗个澡也需要好几个钟头准备。不一会儿母亲就会飘走，回到她自己的世界去。

这一阵一阵的发作，或许是她过去的自我冒出了一星半点，努力想控制局面，她多少有点意识到了自身状况的实质，也隐约回忆起昔日的生活，而且，突然间，令人恐惧的是，她瞥见自己蒙受了多么巨大的损失。不过在大部分时间里，玛约蕾都怡然自得地陶醉在那个概念——其实是一个精致的神话里，即：她是个热诚虔敬的贤妻良母，一大家子得以自如运转乃拜其工作所赐，而且，既然已恪尽职守，就理该享有一点自己的时间。为了让难熬的时刻尽可能减少，莱昂奈尔和孩子们合起伙来制造骗局。开饭时她会先对丈夫的种种努力深思熟虑一番，然后扬起脸，一边将脸上散乱的头发拂开，一边甜甜地说："我真希望你们能喜欢。我想试点新花样。"

向来就没什么新花样，因为莱昂奈尔的保留节目极为有限，可是谁也不会顶撞她，而且每餐结束时孩子和父亲还会像履行仪式那样感谢她。这是一种能让大家都感到宽慰的骗局。当玛约蕾宣告她正在拟一份到沃灵顿市场购物的清单，或者她有不计其数的床单得熨烫时，整个家庭里就出现了另一个并行不悖的、既光明又正常的世界。可是，只有对这场梦幻讳莫如深，它才不会破灭。他们就在这梦幻里长大成人，麻木地栖居在种种怪诞的现象里，因为谁也没定义过这些现象到底是怎么回事。

不管怎么说，他们护着她，不让那些他们带到家里来的朋友惊扰她，与此同时，他们也在护着那些朋友，不让她惊扰他们。根据当地众所周知的论调——或者说，他们听到的也只有这一种论调——梅休太太是个附庸风雅、生性古怪且魅力十足的人，没准是个天才。孩子们听着母亲跟他们说这说那，明知道那不可能是真的，也并不觉得尴尬。

她眼前并没有什么“忙碌的一天”，她也不会真的用一个下午的时间做什么黑莓酱。这些都是胡言乱语，是对他们那个“真正的母亲”的形容，他们一定得保护她——默默地保护她。

然后便是那值得铭记的几分钟，当时爱德华十四岁，跟父亲单独待在花园里，平生头一回听到了母亲的脑部是怎么受的伤。这个词儿是一种侮辱，是一份亵渎神明的请柬，诱导他大逆不道。脑部——受伤。她的脑子有问题。但凡换了旁人对他母亲说出这等话来，爱德华就得义不容辞地打上一架，把那家伙狠揍一通。然而，虽说他听着这句诽谤的时候满怀敌意、沉默不语，却也觉得卸下了一个负担。毫无疑问，这是真的，他总不能跟真相打架吧。随即，他就开始说服自己，这事儿他向来都知道。

时值五月末某个既炎热又潮湿的日子，他和父亲站在大榆树底下。之前一连下过几天的雨，空气里充满了初夏时节的丰饶——鸟儿和虫子的絮絮叨叨，农舍前那片绿地上成排成排刚刚割下的草散发的阵阵香气，花园里那些生气勃勃、如饥似渴的植物，几乎与尖桩篱栅外的林地边缘连成一片，花粉给父子俩带来了这个季节头一波花粉病的危险，而在他们脚下的草坪上，微风徐来，光斑与阴影在花砖上随风摇曳。就在这样的环境里，爱德华一边听着父亲诉说，一边极力想象一九四四年十二月某个冰冷刺骨的冬日，魏考姆忙碌的火车月台上，他的母亲严严实实地裹在她的厚大衣里，手里提着的购物袋中装着可怜巴巴的战争时期的圣诞礼物。她正在往前走，等候马利尔布恩站开来的火车，打算搭车去普林西斯—瑞斯伯劳，再从那里去沃林顿与莱昂奈尔会合。而在家里照看爱德华的，是一位邻居的十几岁的女儿。

有那么一种自信的旅客，喜欢赶在火车停稳之前打开车厢门，好一个箭步蹿到月台上。或许，他是想在火车开到终点之前就离开它，藉此宣告自己独立了——他不再是一堆被动的货物了。或许，他激活了关于青春岁月的回忆，也可能只是为了赶时间，每一秒钟都至关重要。火车刹停，可能力道比平时略大些，门从这位旅客手里甩了出去。沉重的金属边缘砸在玛约蕾·梅休的额头上，那股力量足以令其颅骨骨折，刹那之间，便将她的性情、智慧和回忆搅作一团。她昏迷了将近一周。至于那位旅客（据目击者描述，此人是个年逾六旬、相貌出众的本城绅士，头戴礼帽，手持卷好的长柄伞和报纸），一溜烟就从现场逃走了——此时，那个腹中怀着双胞胎的年轻女子，正摊手摊脚地躺在地上，身边撒着几件玩具——然后钻进魏考姆的大街小巷，自此销踪匿影，他的罪孽无人知晓，反正莱昂奈尔说但愿如此。

花园里这诡异的一刻——那是爱德华一生的转折点——将关于他父亲的一段特别的记忆定格在他脑海里。他手里攥着一只烟斗，直到把故事讲完才点燃。他故意把烟斗握成那种样子：弯起食指钩住斗部，杆子则悬在离嘴角大约一英寸的地方。那是个礼拜天，所以他没有刮过脸——莱昂奈尔并没有什么宗教信仰，尽管他在学校里也得敷衍其事。他喜欢把每个礼拜的这个早晨留给自己。对于处在他这个地位的男人而言，礼拜天早上不刮脸实为古怪之举，他藉此刻意将自己排除在任何形式的公众交际之外。那天他穿着一件皱巴巴的无领白衬衫，居然都没用手抹平过。他说话的口气小心翼翼，多少有点冷漠——这段对话，他肯定在脑子里排练过。他说话的时候，有时候会将视线从儿子的脸上移到房子里，仿佛这样就能把玛约蕾的情形回忆得更真切，或者就是留神看着不让两个女孩子发现。末了，他把一只手搁在爱德华肩上，做了个非同寻常的手势，然后跟他一起走完花园末段的最后几步路，在那里，摇摇晃晃的木篱笆在向远处延伸的矮树丛下渐渐消失。再过去有五英亩地，上面并没有一头羊，倒是移植了两排宽阔的、彼此分岔的毛茛，像两条路。

他们肩并肩站着，莱昂奈尔终于点燃了烟斗，凭着多年来练就的适应能力，爱德华继续默默地把震惊转化为认知。毫无疑问，这事儿他一向都清楚。对她的情形从来就没什么词儿可以形容，因此他一直得以维持某种单纯无知的状态。他甚至连想都没想过她会有什么问题，同时也一向承认她就是与众不同。如今，一次简单的命名就让悖论迎刃而解，几个字眼的威力就让原本看不见的东西昭然现世。脑部——受损。这条术语溶解了亲情，用一条人人都能理解的公共准则冷冷地衡量了他的母亲。刹那间，不仅仅在爱德华和他母亲之间，而且在他自己和周遭的环境之间，一道鸿沟赫然拉开，他觉得他的自我，那深埋于心的、他之前从未在意的内核，突然长出了坚硬的边边角角，横空出世了，那是一枚熠熠闪光的针尖，他不想让任何人知晓。她的脑部受了伤，而他没有。他并不等于他的母亲，他也不等于他的家庭，终有一天他会离开，再回来时就只是一个客人。他想象，现在他就已经成了一个客人，出国多年后，陪着他的父亲一起向外眺望，目光穿过田野，望见那两条宽阔的毛茛道，它们恰巧在地势沿缓坡下降、进而向树林延伸的地方分成岔路。此刻他体验到的是一种孤独的情绪，为此他颇感内疚，但其中勇往无前的意味又让他兴奋不已。

对于儿子默不作声的神游天外，莱昂奈尔似乎能理解。他告诉爱德华，他在母亲跟前表现得很出色，态度温和，又能帮得上忙，眼下的这段对话并不会改变什么。那只不过是承认他已经长大成人，可以知道真相了。此时，双胞胎跑进花园来找哥哥，莱昂奈尔只来得及重复一句“我说的话并不会改变什么，什么也改变不了”，两个女孩子就吵吵嚷嚷地挤进来，拽着哥哥往屋子里跑，要他评论一下她们俩刚做的一件玩意儿好不好。

然而，那段时间，还有好多别的变化在等着他。他在汉雷文法学校里念书，已经开始听到不少老师念叨没准他是个“上大学的料”。他那个在北角的朋友西蒙，还有平时跟他玩儿的村里的男孩子都上了现代中学[①]，而且马上就要去

---

① 英格兰及威尔士的中等学校，入学对象为考不进文法学校或技术学校、没有进大学深造打算的学生。

学一门生意，或者在农场上谋一份职，然后应征入伍。爱德华希望自己的未来能不一样。如今他跟他朋友在一起的时候，不管是他们这边，还是他自己这边，都已经感觉到了某种无形的拘束。作业堆积如山——莱昂奈尔虽然百般温顺，在这件事上却是个暴君——爱德华放学后再也不能跟伙伴们一起在林子里闲逛了，再也不能安营扎寨、挖个陷阱什么的，把沃姆斯雷庄园或者斯透纳庄园的猎场看守人惹得火冒三丈了。汉雷那样的小镇子喜欢装出大城市的派头，他正在学着如何不让别人知道他认识那些蝴蝶和小鸟的名字，认识那些在紧挨着农舍的山谷里，费恩家的土地上生长的野花——风铃草，菊苣，轮峰菊，十种红门兰和火烧兰，还有颇为少见的六月雪。若是在学校里提起这些知识，那就等于给他自己贴上了乡巴佬的标签。

从表面上看，得知母亲出事经过的那一天，什么也没有改变，然而，他平生所有的细小转变，所有的微弱调整，都似乎在这新的认识中结晶成型了。他对她和和气气、关怀备至，他继续坚持编织小说情节：整个房子都是她操持的，她说的字字句句都是真的，不过如今他是在清醒地扮演一个角色，并藉此强化那个刚刚发现的、微小而强硬的自我的核心。十六岁那年，他开始喜欢上久久地、忧伤地四处乱走。到房子外头去，能让他的脑子清醒点。他常常沿着荷兰巷走——那是一条凹陷的白垩道，悬置在摇摇欲坠、生满青苔的河岸边，而河岸径直向下，直抵特维尔，然后，他再顺着汉布尔登山谷走到泰晤士河，穿过汉雷，进入伯克郡的丘陵地。彼时“三九少年”[①]这个词儿刚出现不久，他也从来没有想过，自己所体会到的那种既教他痛苦又让他陶醉的疏离感，能与别的什么人共同分担。

他没问他的父亲，连说一声都没有，就在某个周末一路搭便车赶到伦敦，参加特拉法加广场上举行的一场集会，抗议入侵苏伊士运河。在广场上，他一时兴起，决心违背莱昂奈尔和所有老师的意愿，不报考牛津大学。他对牛津城实在太熟悉了，它跟汉雷之间的区别不够大。他要到这里来，这里的人们看上去个子更大，嗓门更响，性情更难捉摸，而那些赫赫有名的街道似乎对自己的重要性不屑一顾。这个计划他是偷偷实施的——他可不想在一开始就招

---

① Teenager，专指十三至十九岁的青少年，其作为一个特定名词在英语国家获得普遍使用，是上世纪五十年代才开始的。战后，这个年龄段的青少年对整个社会的经济和文化的影响渐成气候，逐渐成为一个显著的社会现象。

来反对。他还打算逃掉兵役，而莱昂奈尔却认定服兵役对他有好处。这些私密方案将他隐藏自己的感觉进一步精炼提纯，敏感、渴望与棱角坚硬的自我意识，彼此紧紧联结在一起。他可不像学校里某些男孩子那样讨厌自己的家，讨厌家里人。这些小小的房间以及房间里脏乱不堪的景象，他都觉得理所当然，他也始终没因为母亲的关系觉得难堪。他只是迫不及待地想让自己的生活，让真正的传奇早日开始，让那些按部就班的安排早点完结——这只有等到他通过考试以后才做得到。于是他拼命用功，交出漂亮的作文，尤其是交到他的历史老师跟前。他对妹妹和父母和和气气，同时继续梦想着有朝一日能离开特维尔荒原的农舍。不过，在某种程度上，他已经离开了。

第三章

弗洛伦斯一到卧室，就松开了爱德华的手，她靠在一根撑起床篷的橡木柱上，先往右边倒，再往左边歪，每次都优雅地沉下一侧的肩膀，好把鞋子脱掉。这双蜜月鞋，她是在某个动不动就要吵架的雨天的午后，跟母亲一起在“戴比南”百货店买的——对维奥莱特来说，逛商店可真是件既难得又痛苦的事。这是一双软软的浅蓝色皮鞋，低跟，前面有一个小蝴蝶结，灵巧地缠在深蓝色皮面上。没有人会催促新娘子动作快一点——反正这又是一条拖延战术吧，她也乐得顺水推舟。她先前已经觉察到了丈夫神魂颠倒的目光，但当时并没有感到特别窘迫，也没承受多大的压力。直到走进卧室，她才一头扎进了某种局促不安、虚无缥缈的境地，如同深水中一袭老式潜水服，将她困在其中。她的思想似乎不属于自己了——仿佛通过管子传到她身上的，不是氧气，而是思想。

陷在这种境地里，她的脑中一直萦绕着一个庄严而简单的乐句，暧昧难辨、匪夷所思地演奏着，在耳边反复回荡，一路跟着她来到床边，当她的双手各拿起一只鞋时，这乐句再度响起。这听来耳熟的调子——有人没准还会管它叫名曲——由四个逐级升高的音符组成，听上去像是在试探着发问。那乐器不是她的小提琴，而是一把大提琴，所以发问的并不是她自己，而是一位不相干的旁观者，态度略有狐疑，却也不屈不挠，因为在经过短暂的沉寂和一段来自其他乐器的犹豫不决的回应之后，大提琴又提出了这个问题，只是措辞不同、和弦迥异，然后，翻来覆去，每次都得到一个迟迟疑疑的答案。她拿不出什么词儿来匹配这些音符；似乎无话可说。这场质询没有什么内容，纯粹得就像一个问号。

那是一部莫扎特五重奏的开头，正是为了这曲子，弗洛伦斯和她的朋友们吵了一架，因为要演奏就意味着还得再招一位中提琴手，可别的组员都宁可少添点麻烦。可是弗洛伦斯坚持己见，她想找个人来合奏，于是她从走廊上拦下一个女朋友，邀请她来参加他们的排练，大伙儿即兴合了一遍，果然，先是大提琴手被这曲子给迷住了，没过多久，别人也为它心醉神驰。谁能逃得了呢？即便起首乐句对于“伊尼斯莫四重奏”（其命名来自女生宿舍的地址）的凝聚力提出了一道难题，可弗洛伦斯面对质疑时毫不动摇，以一挡三，再加上她本人恒久不变的好品味，问题就此迎刃而解。

她走到卧室另一头，照样是背对着爱德华，动作也依然磨磨蹭蹭，然后她小心翼翼地把鞋子放到衣橱边的地板上，同样的四个音符让她想起自己的性情里还有另一面。那个作为四重奏领袖的弗洛伦斯，总是冷静地在别人身上施加自己的影响，从来不会对世俗的期望俯首帖耳。她可不是一头小羊羔，不会毫无怨言地挨刀子。或者被穿透。她会扪心自问，从婚姻里她到底想得到什么，不想得到什么，她会把这话冲着爱德华大声说出来，指望能发现某种与他妥协的方式。毋庸置疑，任何一方的渴望都不能以牺牲另一方为代价。问题的关键是爱，还要让对方自由。对，她得把话说出来，就像在排练时那样，现在她就得这么做。她甚至连提案的开头都拟好了。她微启双唇，屏住呼吸。然后，她听到地板上有响动，转过身，他正向她走来，面含微笑，俊美的脸庞略略泛起红晕，于是，那个寻求解放的念头——似乎这个念头本来就不属于她——烟消云散。

她的蜜月礼服是用一种轻薄的夏棉织成的，颜色是矢车菊的那种蓝，跟她的鞋子配得天衣无缝，是她在摄政街和大理石拱门之间逛了好几个钟头以后才发现的，幸好当时母亲不在身边。爱德华把弗洛伦斯揽进怀中，并不是要吻她，而是先将她的身体紧贴着他，然后将一只手搁在她的后颈上，摸索这件礼服的拉链。他的另一只手平摊开，紧紧贴在她的后腰上，同时在她耳边轻声低语，可那声音显得那么响，他跟她凑得又那么近，她只听见一阵温暖而潮湿的空气呼啸而过。然而，那拉链用一只手是解不开的，至少开头一两英寸不行。你得用一只手将礼服拎直，同时用另一只手往下拉，否则那精致的料子会皱成一团，卡住不动。她本可以将手探到肩膀后面帮他一把，可是她的胳膊给困住了，何况，手把手地教他该怎么做，似乎也不大合适。顶顶重要的是，她不想伤害他的感情。他刺耳地叹了一口气，愈发使劲拽那拉链，想用蛮力解开，谁知居然拽到了一个尴尬的节骨眼，拉链上不去也下不来。一时间，她愣是给困在了自己的礼服中。

“哦，上帝呀，弗洛。你别动，行不行。”

乖乖地，她的身子僵住了，他话音里透出的焦虑把她给吓住了，随即不假思索地认定，这是她的错。归根结底，这是她的礼服，她的拉链。她想，如果从他怀里挣脱出来，然后转过身，朝窗子这边走两步，让光线更充足，这样或许有好处。可是，那样就会显得不够深情款款，而且这么一打断，就等于承认问题不小了。在家里，她可以让妹妹帮忙，妹妹的手指很灵活，尽管她钢琴弹得无可救药。而母亲对于细枝末节的事儿一律缺乏耐心。可怜的爱德华——当他开始两手并用时，她觉得他胳膊哆哆嗦嗦地使着劲，那股子力量一直传递到她肩膀上，于是她想象，他粗粗的手指在拱起的棉布褶皱和冥顽不化的金属之间摩挲。她同情他，同时也有点儿怕他。哪怕是羞答答地提出一点建议，没准都会给他火上浇油。所以她耐心地站着，直到他长叹一声，终于从她身边腾出身子，往回走了一步。

事实上，他在赔罪。“我真是抱歉。弄得一团糟。我真是笨透了。”

“亲爱的，这样的事儿我自己也出得够多了。”

他们一道走过去，坐在床上。他冲着她笑笑，让她晓得他虽然不相信她说的话，却对此心存感激。卧室里，窗户大开，眼前景观并无二致，都是饭店的草坪，林地和大海。或是风向突变，或是潮汐瞬涌，也可能是路过了一条船，只听浪花飞溅，声声入耳，重重打在海岸上。接着，同样在刹那间，海浪又恢复原先情状，丁冬作响，轻柔地冲刷过砂石道。

她的胳膊环住他的肩膀。“你想知道一个秘密吗？”

“想。”

她用食指和大拇指捏住他的耳垂，轻轻地让他的脑袋往她这边凑，低声说：“其实，我有一点儿害怕。”

这话并不精确，可是，即便她搜肠刮肚，还是无法描摹五味杂陈的情绪：某种仿佛紧紧收缩的干涩的生理感受；想到或许得按照要求去做什么样的事，她便浑身排斥；想到会让他失望，没准儿会被他揭开真面目，发现是个骗子，她又不胜羞怯。她真不喜欢自己，她跟他窃窃低语时，觉得那些话音就在自己的嘴边嗞嗞作响，活像戏台上的丑角反派。不过，说自己害怕总比承认想吐或者害羞要好。她得使尽浑身解数，渐渐把他的期望降低。

他凝视着她，从脸上的表情一点也看不出他听见了她的话。虽然眼下她很不好受，可他那双温柔的棕色眼睛还是让她猛地一惊。如此善解人意的聪慧和宽容啊。也许，只要她深深地望着这双眼睛，别的什么也看不见，她就能满足他的要求了。她就能完全信任他了。可这只是个幻想。

他终于开口了：“我想我也一样。”他一边说一边把手搁在她膝盖上，一路滑下去，滑到裙边底下，停在她大腿内侧，大拇指正好触及她的内裤。她的小腿赤裸着，很光滑，呈棕褐色——那是因为她在花园里晒过日光浴，跟中学里的老同学一起在“夏日小镇”公共球场里打过网球，还跟爱德华一起在山花烂漫的丘陵地上吃过两顿长长的野餐，那片地就在安葬着乔叟孙女的那个漂亮的艾维尔梅村的高处。他们还在四目相对，彼此凝望——对此他们都很老练。对于他的触摸，对于他的手压在她皮肤上时那暖融融、黏糊糊的感觉，她感知得如此清晰，以至于她能够想象，能够看见，他那修长的、弯曲的大拇指就在她裙子底下的幽蓝暗影里，像一副守在城墙外的攻城装备那样耐心等候，修剪齐整的指甲正好拂过蕾丝边沿上那些攒成小花饰的乳黄色的丝，同时他也碰到了——对此她确认无疑，她清清楚楚地感觉到了——一缕蜷曲着探出来的毛。

她竭尽全力，不想让腿上的一条肌肉骤然抽紧，可那肌肉不听她的，只按着自己的节奏来，就像一个喷嚏似的，不由分说，排山倒海。这条背信弃义的肌肉先是抽紧，再是略微有些痉挛，这过程倒并不痛，她却觉得越来越失望，它发出了第一个信号，证明她的问题究竟严重到了何种程度。他当然感觉到了他手下正在掀起的小风暴，因为他的眼睛稍稍睁大了些，眉毛扬起，嘴唇默默分开，这说明他给感动了，甚至可以说深受震撼，因为他错把她的躁动当成了渴望。

“弗洛……？”他小心翼翼、抑扬顿挫地喊她的名字，似乎是想稳住她，或者想劝服她不要草率行事。可他先得把自己正在经受的小风暴给压下去。他的呼吸浅浅的，全无规律可言，同时舌头不停地从上腭弹开，发出一种轻柔而黏糊的声音。

有时候也真是叫人难为情，身体怎么就不肯，或者不能掩藏情感呢。有谁曾经为了合乎礼仪，让心跳减速，或者让羞红的脸转白呢？她那条不服管教的肌肉跳跃着，震颤着，就好像她的皮肤底下困住了一只蛾子。有时候，她的眼皮也会出现类似的问题。不过，这场骚动正在渐渐平息；她拿不准。把心思集中在基本概念上对她有好处，于是她冲着自己傻头傻脑、清清楚楚地强调：他的手搁在那里，因为他是她丈夫；她由着他搁在那里，因为她是他妻子。设若换了她的某些朋友——格丽塔，赫尔迈厄尼，特别是露茜——几小时前就已经一丝不挂地钻进被窝里去了，而且，早在婚礼举行的好久以前，她们就已经吵吵嚷嚷、兴高采烈地达成“事实婚姻”了。她们是如此温情如此慷慨，以至于她们私下早已认定，她确实是那样做的。她从来没跟她们撒过谎，但也没有坦诚相告。一想到她的朋友，她就感觉到自己身上具有某种特殊的、他人无法分享的特质：她是孤独的。

爱德华的手没有再前进——也许他刚才的那番放纵让自己慌了神——反而找了个适当的位置微微摇晃，再轻轻揉揉她大腿内侧。也许，就是因为这些动作，痉挛才渐渐消失的，可她再也无法注意到这点了。那肯定是个意外，因为当他的手触到她腿部时，不可能知道自己的大拇指尖正好抵住了那根从内裤中探出来的阴毛，然后前后摇晃，从阴毛的根部开始，一路刺激毛囊神经，那是某种感觉的阴影，一个近乎抽象的开始，先是小得不能再小，就像几何里的一个点，然后渐渐长成一个信手涂就、边缘光滑的斑点，进而愈涨愈大。她对此又是怀疑，又是否认，尽管与此同时，她明明感觉到自己正在沉沦，内心也在朝那个方向陷落。就那么一段孤零零的毛根，怎么就能把她整个身体都拖进去呢？顺着他的手爱抚的节奏，单单那一点的感觉沿着她的皮肤表面蔓延开，越过她的小腹，一路向下，和着脉动深入其会阴。那感觉是全然陌生的——介于某种痛与某种痒之间，不过更光滑，更温暖，不知怎么的，也更空虚，那是一种教人愉悦的疼痛的空虚，源自一个毛囊，它先是和着节拍，给搅成一团，再发射出同心波，在她身上蔓延开，进而往体内愈钻愈深。

平生第一次，她对爱德华的爱与一种难以定义的生理感受联系在一起，如同一阵头晕般难以抵挡。先前，她体会到的只是一碗装满温情的肉汤，一张充溢着善良与信任的厚厚的冬毯。本来，似乎这样就足够了，仅仅如此就功德圆满了。如今终于迎来了欲望的起点，既准确又陌生，不过显然属于她自己；远处，仿佛悬在她后上方视野之外的，是一丝宽慰：原来她跟别人一样。十四岁时，她晚熟，所有朋友的乳房都已经发育，惟有她仍然像个高个子的九岁幼童，让她好不沮丧，就在那一年，她有过一次类似的重大发现：那天晚上她站在镜子跟前，头一回分辨出、探查到乳头周围紧紧的，涨涨的，分外新奇。如果不是母亲以前一直在楼下给她灌输斯宾诺莎[①]的学说，那么弗洛伦斯会开心地嚷起来。有一点毋庸置疑：她不是什么孤独无依的亚人种。她终于胜利了，归属于大多数。

她与爱德华仍在互相凝视。似乎压根儿就没法开口说话。她半真半假地装作什么都没有发生——他的手并没有伸到她裙子底下去，他的大拇指并没有按在一根探出来的阴毛上来回摇晃，她也并没有在感官上获得什么重大发现。从爱德华脑后往前看，能看见一部分遥远的过去——敞开的门，法式落地窗边的餐桌，连同他们晚餐吃剩下的残羹冷炙——可她不许自己的视线转过去看这些。尽管感官刺激教人愉悦，人也觉得放松了一点儿，可她的忧虑还是挥之不去，仿佛一堵高墙，不是那么轻易就可以拆毁的。何况她也不想拆毁。虽说感觉挺新奇的，可她还没到放浪

① 斯宾诺莎(1632—1677)，荷兰哲学家，唯理论的代表之一，从“实体”即自然界出发，提出“自因说”，认为只有凭借理性认识才能得到可靠的知识，著有《神学政治论》、《伦理学》等。

形骸的地步，也不想被人催着往那个方向赶。她想在这段充裕的时间里，在尚未宽衣解带的状态中尽情逗留，感受褐色双眸投来的温存目光，感受轻柔的爱抚和渐渐蔓延开的战栗。可是她知道这不可能，她也知道，正应了人人挂在嘴上的那句话，有前因就会有后果。

爱德华的脸仍然泛着非同寻常的红晕，他的瞳孔扩大，嘴唇照旧分开，呼吸一如先前：急急的，浅浅的，全无章法。这个礼拜，他又是筹备婚礼，又是发狠禁欲，积攒下来的辛苦此时重重地压在他年轻的身体里那些年轻的化学成分上。在他眼前，她是那么珍贵，那么生动，他简直不晓得该怎么办。借着洒下的光，他刚才没能脱下的蓝裙子在铺展开的白床单的映衬下，闪着幽深的光。当他头一回碰到她大腿内侧时，她的皮肤凉得惊人，不知怎么的，这一点让他异常兴奋。当他凝视着她的双眼时，只觉得自己正在用一连串轻佻的动作向她身上压过去。他仿佛给夹在了中间，一边承受着自己的兴奋，另一边背负着自己的无知。除了电影、黄段子和那些离谱的轶事奇闻，他对女人的认识大部分都来源于弗洛伦斯本人。他手底下搅出的那点乱子，轻易就会被看作一个泄露天机的符号，谁都会告诉他该怎么识别，又该如何应对，没准，这就是女性高潮来临前的某种先兆吧。同样地，那也可能只是紧张。这可拿不准，因此当那股劲儿渐渐消退时，他松了口气。记得有一回，他坐在艾维尔梅外的一大片玉米地里，刚跟那个农民夸口说自己如何厉害，紧接着却连一根杆子都不敢碰。总之他知道得还不够多。一方面，正是她，引着他走进卧室，如此放肆地脱掉鞋子，并且由着他的手如此亲昵地搁在那里。而另一方面，根据以往的长期经验，他知道但凡一时冲动，那么不费吹灰之力，他的机会就会玩完。然而，当他的手搁得恰到好处、摩挲着她的大腿时，她一直在凝视他，那目光是如此动人心魄——她那线条浓重的五官变得柔和了，双眼先是眯起来，再睁大，好看清楚他的眼睛，同时将头向后微仰——以至于他的谨慎显得颇为可笑。这番踌躇，压根儿就是他自己在犯傻。看在上帝的分上，他们已经结婚啦，而且她明明在鼓励他，催促他，渴望他在前头带路。尽管如此，他还是没法从记忆中逃脱，有那么几次，他对那些“征兆”错会了意，最壮观的一次是在电影院里，当时正在放

《蜜糖滋味》，她一下子从座椅上跳起来，像一只受惊的瞪羚，跌到过道上。单单犯了那么一个错，就要花两个礼拜修补——这样的灾难他可不敢再经历一次了，而且他也颇感疑惑，难道一场历时四十分钟的婚礼就能产生如此翻天覆地的变化吗？

房间里的空气似乎既稀薄，又微弱，得费点力气才能呼吸。一串紧张的哈欠涌上来，弄得他很难受，只好皱皱眉头、耸耸鼻翼，把哈欠强压下去——假如她以为他厌倦了，可没什么好处。他们的爱情再明白不过，可新婚之夜却过得不那么容易，这可真让他痛苦。他觉得自己既兴奋，又无知，还优柔寡断，这种情形挺危险的，因为他不相信自己。他有可能犯傻，甚至会弄得无法收拾。他大学里的朋友都知道，他属于平素安安静静，抽冷子会闹得惊天动地的那种人。按照他父亲的说法，他还是个小小孩的时候，就发过几次让人难忘的泼天大怒。从中学一路念到大学，他时不时地会勾起由着性子打上一架的冲动。从校园一角那些狂呼乱喊着看热闹的小孩子围成的圈里，到村子边沿林中空地上的某个庄严肃穆的集合点，再到伦敦市中心酒吧外不知羞耻的聚众喧哗，爱德华发觉打架有一种激动人心的不可预知性，还发现有一个既冲动又决断的自我，从除此之外的那个沉静的自我中逃之夭夭。他从来不会刻意寻找这样的条件，不过，但凡是它们找上门来，那么某些情形——遭人羞辱啦，克制忍让的朋友啦，摆好了场子拉开了架势啦，对方纯粹蛮不讲理啦——是无法叫人隐忍不发的。仿佛骤然钻入隧道般，眼前漆黑一团，耳朵也像一下子聋了，然后，倏忽间他又回到了那里，一脚踏进某种早已遗忘的快感，仿佛闯进了一个重来的旧梦。就像学生之间拼酒量，痛苦是事后才姗姗而来的。他不是什么功夫了得的拳击手，可他天生打起架来不要命，这一点很管用，再加上运用得当，胜算自然增大。而且，他的身体也挺壮实。

弗洛伦斯从来没看到他这么疯过，他也不打算跟她讨论这个问题。他已经有十八个月没打过架了，上一次还是在一九六一年一月，他毕业那年的第二学期。那件事儿整个是一边倒，最不寻常的，是那回爱德华事出有因，某种程度上，正义在他这边。当时他正沿着老康普顿街朝院长街上的法兰西酒吧走，与他结伴而行的是另一位历史系三年级学生哈罗德·玛瑟。时值傍晚，他们刚从马雷街图书馆出来，要去会朋友。若是在爱德华的文法学校里，玛瑟会是那种不折不扣的老让人欺负的对象——他个头矮小，勉强够到五英尺五英寸，五官颇有喜剧色彩地挤作一团，上面架着一副厚厚的眼镜，话多得叫人发疯，脑瓜很聪明。然而，一进大学他就如鱼得水了，成了一个高端人物。他收藏着一整套赫赫有名的爵士唱片，他担任着一本文学杂志的编辑，他写了个短篇，虽然尚未刊发，但已被《邂逅》杂志[1]录用，他在正式的学生社团里颇为活跃，还善于模仿——他学过麦克米伦、盖茨凯尔[2]、肯尼迪，操着蹩脚的俄文模仿过赫鲁晓夫，外加形形色色的非洲领袖，以及像艾尔·里德和托尼·汉考克这样的喜剧演员。他能把《边缘之外》[3]里所有演员的嗓音和滑稽段子都学得惟妙惟肖，被认为是历史小组里迄今为止最出色的学生。对这样一个人，过去爱德华会千方百计地躲开，如今他却对他们之间的友情格外珍视，他觉得这算得上是人生的一大进步，也能证明自己又成熟了一点。

其时，正是冬天的某个工作日的傍晚，索霍区刚刚开

① 即 Encounter，创办于 1953 年的英国文学杂志。
② 时任英国工党领袖。
③ 英国一出著名的舞台喜剧，被公认为掀起上世纪六十年代讽刺剧高潮的作品。

始活跃起来。酒吧已然满座，夜总会尚未开张，人行道上疏疏落落。稍加留神就能注意到沿着老康普顿街向他们走来的一对情侣。这一对都是摇滚青年——男的是个大个子，二十五六，长长的连鬓胡须，身穿钉着装饰纽的皮夹克、紧身牛仔裤和长统靴；他那个胖乎乎的女朋友，黏在他身边，穿戴也是一样的款式。他们俩从身边经过时，那男的一边继续大步流星，一边探出胳膊、摊开手掌，在玛瑟后脑勺上猛拍了一下，推得他摇摇晃晃，他的“冬青伙伴”牌眼镜顺势飞到地上，一路滑行。此举纯属一时兴起，奚落玛瑟个头不高，外表又是个十足的书呆子，再不就是因为他看起来像——这也是事实——犹太人。也可能只是为了让那女孩加深印象，或者逗她笑一笑。爱德华并没有停下脚步多想。当他迈开大步追上那对情侣时，听见哈罗德大声喊了句“别”或者“不要”之类的话，然而，此时此刻，对这样的恳求他已是充耳不闻。他又回到了那个梦里。他很难形容自己的情状：怒火猛然升起，一路盘旋着化作某种狂喜。他用右手抓住那男人的肩膀，拽着他滴溜溜转，左手卡住他喉咙，将他后背按在一堵墙上。那男人的脑袋善解人意地撞在一根铸铁水管上，发出闷闷的响声。爱德华一只手依然牢牢掐着他的喉咙，另一只手捏紧拳头照着他的脸打过去，就那么一下，但很重。然后他回转身帮着玛瑟找到了那副眼镜，镜片碎了一块。他们继续往前走，留下那家伙坐在人行道上，两只手捂住脸，女朋友在边上一惊一乍。

过了好一阵子，随着夜幕渐渐落下，爱德华才发觉哈罗德·玛瑟并非心怀感激，接着又发觉他不讲话了，或者说不跟他讲话了，他又花了更长的时间，一两天左右，才意识到他的朋友非但不乐意，而且，更要命的是——他觉得很尴尬。在酒吧里，两个人都没把这个段子讲给朋友们听，而且，自此以后，在爱德华面前，玛瑟对此事也只字不提。但凡有一句责难，倒是一种解脱了。一点儿都没张扬，玛瑟便离他而去。虽说他们在大伙儿扎堆的时候也能见面，而且他从来没有明显疏远过爱德华，可是他们的友情却变了味。当爱德华想到玛瑟其实是厌恶他的行为时，不由深感痛苦，可他不敢挑起这个话题。更何况，玛瑟还总是避开与他单独相处的机会。起先，爱德华相信，他错在亲眼目击了玛瑟蒙羞的过程，从而伤害了他的尊严，而雪上加霜的是：他还替玛瑟打抱不平，显示他是如何强悍，而玛瑟是如何羸弱。后来，爱德华意识到，说穿了，他的所作所为压根就不漂亮，他自己蒙受的耻辱更严重。在街上打架斗殴，跟什么诗歌啦，反讽啦，比博普爵士乐啦，历史啦，都不般配。他的罪过是降低了自己的格调。他把自己给看错了。他原先认定的那种饶有趣味的怪癖，那种豪放的美德，到头来却是一种粗野行径。他是个乡下小子，一个外省的白痴，居然以为赤手空拳地大打出手，就能感动一个朋友。这次幡然醒悟让人好生窘迫。他所走过的，是迈入成年时的典型路径之一：他发现了崭新的价值观，而他更乐意别人按这样的标准来评判他。从那以后，爱德华就再没打过架。

然而，此时此刻，在他的新婚之夜，他却不相信自己。他不敢断言，那如同钻入隧道般的画面和选择性耳聋再也不会从天而降，像冬日里笼罩在特维尔荒原上的薄雾一样将他团团裹住，使得他那个年代更切近、性情更老成的自我为之黯然失色。他一直坐在弗洛伦斯身边，一只手搁在她裙子底下的大腿上，摩挲了一分半钟。他那恼人的欲望正在忍无可忍地愈积愈多，他生怕自己那股子粗鲁急躁的劲儿冒上来，没准会招惹出什么火爆的言行来，于是整个夜晚就此完蛋。他爱她，可他真想把她摇摇醒，想一巴掌抡过去，让她别再绷直脊梁站在乐谱架前，让她从北牛津的家产里挣脱出来，让她看看，其实这事儿有多么简单：摆在眼前的是一望无垠的感官自由，听凭他们索取，就连教区牧师都为之祈福——“以吾此身，敬汝爱汝”——那是一种既下流又快意的赤条条的自由，仿如一座大教堂，在他的想象中高高耸立，没准儿那只是教堂的废墟，连塔尖都不见了，扇形穹顶直入云霄，在空中，他们将失去重力，一边向上升腾，一边紧紧相拥，彼此占有，一同沉溺在教人无法呼吸、难以思考的狂喜的浪潮中。事情就是这么简单！此时此刻，他们为什么还不能忙活起来，反而要坐在这里，把所有那些他们不知道该怎么说，或者不敢做的事儿苦苦隐藏起来？

到底是什么玩意挡了道？是他们的性情与经历，是他们的无知与恐惧、羞怯、洁癖，是因为过去从未得到过这份权利，抑或缺乏经验，没有那份轻松自如的心态，再有就是宗教禁忌的袅袅余音，他们的英伦做派和阶级地位，外加历史本身也在作祟。此外再没什么更多的花样了。他将手移开，把她拉过来，吻她的嘴唇，他全力把持，不让舌头往前伸。他松了松手，让她的背靠在床上，这样她的头就能枕在他的胳膊上。他侧躺着，用同一条胳膊的肘弯撑住自己，然后低下头看她。他们俩一动弹，那床就悲悲切切地吱吱叫，那是其他在这里顺利渡过蜜月的夫妻留下的余响，这些人肯定比他们俩要得心应手。他想起他们，时光仿佛倒流，眼前似有一列庄严的队伍鱼贯而出，来到走廊上，随即下楼融入婚宴现场，一阵冲动涌起，他差点笑出来，到底还是忍住了。不要去想他们，这一点很重要；喜剧是情色的毒药。而且他还得努力不去想：她也许已经被他吓着了。但凡他相信这一点，那他就什么都做不了啦。她温顺地倚在他臂弯里，仍与他四目相接，她脸上的表情呆呆的，难以捉摸。她的呼吸既稳且深，睡着了似的。他轻声唤她的名字，再次告诉她他爱她，她眨眨眼，张开嘴唇，也许是同意，甚或是应和。他那只闲着的手开始脱她的内裤。她一阵紧张，却没抵抗，还将自己的臀部从床上抬起，或者说略略抬起。再一次，弹簧床垫或者床架发出幽怨的声响，如同一只小羔羊在春日里轻声低语。即便他把那只闲着的胳膊全伸直，也不能一边将她的内裤滑下膝盖、缠在脚踝，一边继续让她的头枕在另一只胳膊上。于是她弯起双膝，帮了他一把。一个好兆头。他不敢再试着对付她裙子上的拉链，所以眼下她的乳罩——他瞄过一眼，浅蓝色，丝质，镶着优雅的花边——也只能留在原地。所谓的“赤条条的失重的相拥”，只能到此为止。不过，她躺在他的怀里，裙子皱巴巴地裹在她大腿上，乱作一团的头发散在床单上，美得一如往昔。一个“太阳王后”①。他们又吻起来。他又是渴望，又是犹疑，弄得自己简直要吐出来。为了脱光衣服，他就只能在此刻，打断两人的身体原本满怀希望的交缠，冒着驱散魔力的危险。哪怕是一丁点儿改变，几个小小的因素连成一串，几丝淡淡的疑虑叠在一起，她就会改变主意。尽管如此，他还是斩钉截铁地认定，如果仅仅拉开裤子上的拉链就做爱——平生头一回做爱，那样既不够性感，也太粗野。而且显得挺没礼貌。

几分钟以后，他悄悄从她身边走开，在窗子边上匆匆宽衣解带，这样一来，床附近就能腾出一块弥足珍贵的空间，避开所有这些俗不可耐的玩意。他踩住鞋底，让脚猛地从鞋里挣脱出来，大拇指飞快地勾住袜子，一把拽走。他发觉她的一双眸子并没在看他，而是直直地抬起头，盯着悬

---

① 原文是 A sun queen。其出处可能是指公元前十四世纪埃及著名的“太阳王后”Nefertiti，关于她的传奇故事甚多。Nefertiti 的字面意思是“美人来临”，作者此处可能就是借用这层意思形容弗洛伦斯的美貌。

在头顶上的床篷。不一会儿，他就脱得只剩下一件衬衫、一条领带和一块手表了。不知怎么的，那件衬衫——半是遮掩，半是凸现着他的勃起，如同一座蒙着布的公共纪念碑——仿佛在彬彬有礼地应和着她的礼服设好的密码。那条领带显然不伦不类，于是他一边向着她走回去，一边单手拽掉领带，再用另一只手解开最上面的那颗纽扣。这动作既自信又张扬，一时间，他只觉得过去的那个自己又回来了，那个虽然不修边幅、本质上却既正派又能干的家伙，但紧接着又消失了。哈罗德·玛瑟的幽魂让他心有余悸。

弗洛伦斯决定不坐起来，连姿势都不换；她仰面躺着，盯住床柱上撑起的那块灰黄色的百褶布，她猜，摆这块布是为了激发人们缅怀那个充满了冰冷的石头城堡和典雅爱情[①]的古老英国。她聚精会神地研究布料上凹凸不平的编织图案，研究一块硬币大小的绿色污迹——那是怎么弄上去

① courtly love，指中世纪对爱情的一种观念，酷似骑士情夫与贵妇人之间的爱情关系，对中世纪和文艺复兴时期的文学曾起过重要作用。

的呢？——还有一根在空气中飘来荡去的线。她竭力不去想紧接着要发生的事，也不想过去，只是想象着自己就凝固在此时此刻，这珍贵的现在，她就像是悬崖上的某个解开了绳索的登山者，把脸紧紧贴在岩石上，一动不敢动。凉丝丝的空气从她赤裸的腿上颇为惬意地滑过。她听到远方海浪拍岸，银鸥齐鸣，也听到爱德华脱衣服的声响。眼前到底还是浮出往日情景了，那朦朦胧胧的过去。都是让海水的气味招来的。那时她十二岁，就像现在这样静静地躺着，等着，在窄窄的、四面围着桃花心木的船铺上瑟瑟发抖。她的脑中一片茫然，觉得自己很可耻。当时他们刚刚完成了两天的横渡，总算回到了瑟堡南部卡特雷码头的宁静中。天色已晚，她父亲一边在昏暗狭小的船舱里走来走去，一边脱衣服，就像爱德华现在这样。她记得衣服的窸窸窣窣，记得解开一条皮带、碰响一串钥匙或者一堆零钱的丁丁当当。她别无选择，只能闭上眼睛，心里想着一段她喜欢的曲调。或者不管什么曲调都行。经过一趟艰难旅程之后，摆在船上封闭空间里的食物几乎都腐烂了，那气味她也记得。在横渡时她通常要吐上好多次，也没法像个水手那样给父亲帮个忙，毫无疑问，她就是因为这个才觉得可耻的。

她同样忍不住要琢磨眼前即将发生的事儿。她希望，无论出什么事，她都能把类似于刚才那种渐渐蔓延开的舒心惬意的感觉给找回来，而且希望这种感觉会愈来愈强烈，最终将她淹没，成为镇住她的恐惧的麻醉剂，将她从羞耻中解放出来。看来不可能。对那种感觉的真真切切的记忆，那种置身于其中、对它的情状一清二楚时的记忆已经渐渐衰微，成了一宗干巴巴的历史事件。它就跟黑斯廷斯战役[①]一样，只是曾经发生过罢了。尽管如此，这好歹是她的一个机会，因此弥足珍贵，好比精致而脆弱的古董水晶，动不动就要往下掉的那种，反正这也成了又一条按兵不动的好理由。

她觉得床往下一沉，晃动起来，爱德华爬上了床，原先横在她眼前的床篷被他的面孔取而代之。她体贴地抬起头，让他把胳膊伸进来，又当起了她的靠垫。他揽住她，紧紧贴在他身上。在黑暗中，她盯住他的鼻孔，盯住左边孤零

---

① 1066年10月14日，哈罗德国王的盎格鲁—撒克逊军队和诺曼底公爵威廉一世的军队在黑斯廷斯（英国东萨塞克斯郡濒临加来海峡的城市）地域进行的一场战役，以威廉一世取胜而告终。黑斯廷斯战役是历史上最后一次对英国成功的军事入侵，自那以后再也没有人能征服英国。英法关系从此以后变得相当复杂。

零一绺弯弯的鼻毛——活脱脱一个弯腰弓背站在山洞跟前的男人，兴奋得直打哆嗦。她喜欢上嘴唇那个线条锐利的徽章形的凹痕。人中右侧有块粉红的斑，像一粒小小的凸起的针孔，那是一枚粉刺，或是刚冒头，或是已收尾。她能感觉到他紧贴着她臀部的阳物在勃起，像扫帚柄一般坚硬，还伴随着阵阵律动，让她惊讶的是，她倒不怎么介意。她只是不想，不想马上，看见它。

为了让他们的再度相拥变得愈发牢靠，他低下头，他们开始亲吻，他的舌刚刚擦到她的舌尖，她便再一次心怀感激。他们发觉楼下酒吧里一片沉寂——收音机没有响，也没有人说话——于是他们喃喃低语“我爱你”。她求助于——虽然是无声的——那颠扑不破的约束着他们的法则，这让她好受了一些，而且那法则当然也能证明他们的利益是一致的。她心里寻思，没准儿她非但能熬过去，还能坚强到装得毫无破绽，并在此后接踵而至的过程中越混越熟，渐渐将她的焦虑磨蚀殆尽，最后她就真的能找到乐趣、贡献乐趣了。他压根就用不着知道——至少也得等到崭新的自信让她倍感温暖，趁着暖意把这事儿当成一个可笑的段子讲出来才行——想当初，她还是个涉世未深的小姑娘，陷在傻头傻脑的恐惧中不能自拔，云云。即便是现在，她也并不反感他触摸她的乳房，若是搁在以前，她是会往后退的。她是有希望的，一想到这里，她就迎着他的胸膛凑过去。他之所以没脱衬衫，她猜，是因为他的安全套就藏在上面的口袋里，随手就能拿到。他从来不提以前跟什么女孩子有过云雨之欢，但她坚信他一定经验丰富。从敞开的那扇窗户里透进来一丝夏日里的风，她觉得这风将她那根露出来的阴毛撩拨得直发痒。她已经在新天地里走得很远很远，远到再也回不去了。

弗洛伦斯从来没想到，做爱的头几步会像哑剧一样，在如此剑拔弩张、草木皆兵的沉默中次第上演。话说回来，除了那显而易见的三个字，她自己又能说出什么听起来既不做作、又不愚蠢的话呢？何况，既然他一言不发，那么她就觉得这必是约定俗成的。她倒宁可他们俩能念叨点傻乎乎的甜言蜜语呢，当初他们穿戴齐整地躺在北牛津她的卧室里虚掷午后光阴，就会说这样的话。她需要那种与他亲密无间的感觉，好压倒恐惧的魔鬼，她知道那魔鬼正打算制服她呢。她一定得知道，他跟她在一起，他就在她身边，他并不打算“使用”她，他是她的朋友，会对她既和蔼又温存。若非如此，就会满盘皆输，落得形单影只。除了爱之外，她实在需要他作出这样的保证，最后终于忍不住，发出一条空洞的指令："跟我说点什么吧。"

指令立即收到良好效果，他的手突然停下来，就搁在脐下几英寸，离先前那里不远的地方。他低头凝视她，嘴唇略略打颤——没准是紧张，或者是一丝初初展开的笑容，也可能是一个正在化作言辞的念头。

他好歹领会了她提的词儿，变成了她早已熟稔的笨笨的样子，让她松了口气。他庄严宣告："你有可爱的脸蛋，可人的天性，你有性感的手肘和脚踝，还有能让所有男人倾倒的锁骨、豆状核[①]和'颤音'[②]，可是你完完全全属于我，我很高兴，很自豪。"

她说："很好，你可以亲亲我的'颤音'了。"

他拿起她的左手，依次吮吸每个指尖，又用舌头舔舔这位小提琴家手上的硬茧。然后他们接吻，就在这个让弗

① 脑部功能区之一，与音乐天分密切相关。
② 从下文推测，这里指的应该是拉小提琴时能发出颤音的左手。爱德华这里列举出的锁骨、豆状核与"颤音"，都与弗洛伦斯演奏小提琴有关，想来应该是这对谈吐高雅的情侣平日能心领神会的暗语。

洛伦斯稍感乐观的时刻，她觉得他的胳膊一紧，突然间，他用一个敏捷而强悍的动作，一下子翻到她身上，虽然他的体重大半都压在自己的肘部和撑在她头部两侧的前臂上，她还是觉得既压抑又无助，在他重重的身子底下，略有点喘不过气来。她挺失望，他没有在那根阴毛附近多加温存，反而让这古怪的战栗在她全身蔓延。不过，她的当务之急——比起呕吐或者恐惧来，这是个进步——是让外表不露破绽，不让他失望，不让自己受辱，跟所有与他相识的女人相比，她都不能处于下风。她会捱过去的。她永远不会让他知道那是一种怎样的挣扎，为了让自己看起来心平气和，她要付出这样的代价。此刻她心里再没有旁的渴望，只想让他高兴，让这一夜功德圆满，她再没有别的感觉，只是意识到他的阴茎末端，怪怪的凉凉的，不停地在她尿道附近碰来碰去，撞进撞出。她觉得，恐慌也好，恶心也罢，她都已经控制住了，她爱爱德华，她在殚精竭虑地帮着他得到他如此渴望的东西，好让他更爱她。正是受到这样的鼓舞，她才让自己的右手滑下去，搁在他们俩的腹股沟之间。他略略抬起身子，让她的手探进来。她觉得挺得意，居然还记得那本红色的小册子上提过这样的建议，若是新娘能

“引领男子进入”，必然大受欢迎。

她先是找到了他的睾丸，然后——现在她一点儿都不害怕了——弯起手指轻轻圈住那个了不起的直挺挺的玩意儿，过去她只在狗呀马呀身上见识过它的不同形状，一直就不太相信它也能和谐自在地安在成年人身上。她的手指往下游移，直抵阴茎根部，她握住它的时候用了十二万分的小心，因为她不晓得它到底有多么敏感，多么健旺。她用手指摩挲着它，饶有兴味地留意它丝绸般柔滑的质地，一路摩挲到龟头，轻轻弹了一下；然后，她的勇气把自己都吓了一跳——她的手又略微向下移了移，好把他的阴茎抓得更紧些，一直移到“半山腰”，接着把它向下扳，略作调整，直到她感觉到它正好碰到了她的阴唇为止。

她怎么会知道自己犯了个多么可怕的错？她是不是扳错了地方？她是不是抓得太紧了？他发出一声呜咽，一连串复杂而痛苦的带着升调的元音，那种声音她以前在一部喜剧片里听到过，当时的情节是：一个侍应生，左躲右闪，迂回前行，眼看着手里那高高一摞汤盘就要掉到地上了。

她惊恐地放开手，爱德华满脸困惑地抬起身子，阵阵痉挛中，他健硕的背部弯成弓形，大滴大滴地将自己清空，数量充沛但愈喷愈少，温热而黏稠的液体盛满了她的肚脐，洒遍了她的小腹、大腿，甚至还溅到了她的下巴上。这真是场灾难，而她马上就知道这全是自己的错，知道自己非但百无一用，而且愚不可及。她不该插手的，她根本就不该相信什么小册子。即便是他的颈静脉破裂，场面也不会比现在这样更恐怖了。多么典型啊，她刚愎自用地搅和到一团乱麻中；她本该对此心知肚明：把对付弦乐四重奏排练的态度搬到这里来，是不管用的。

这里头还蕴含着另一种东西——它非但本身更糟糕，而且她简直控制不了——勾起陈年往事，而她很久以前就认定，那些回忆其实并不属于她。仅仅在半分钟以前，她还自鸣得意，觉得自己能掌控自己的情感，可以让外表看起来镇定自若。然而，现在，她无法抑制发自本能的厌恶，她的五脏六腑都在恐惧，生怕来自另一具身躯的液体把她弄得湿乎乎、黏搭搭。须臾间，来自海上的微风已经把她皮肤上的液体吹得冰凉，即便如此，不出她所料，她还是觉得那玩意把她给烫着了。她的天性里没有什么能制止她马上把这种厌恶嚷出来。她觉得那液体汇成稠稠的溪流，在她皮肤上蠕动，它那陌生的乳白色，它那亲近的淀粉味，拖曳着一股子腥臭，那是锁在发霉密室里的某个见不得人的秘密所散发的气味——她受不了啦，她非得把它弄走不可。当爱德华在她眼前蜷缩成一团时，她转过身，双膝跪爬了几步，从床罩底下拽出一只枕头，发疯似的往自己身上擦。甚至就在她这么做的时候，她也知道自己的行为是多么招人厌，多么没教养，她知道，眼睁睁地看着她如此绝望地把他身体里的一部分从她皮肤上抹去，必然会给他增加多少痛苦。而且，说真的，这事儿也并不那么容易。她愈是抹，它们粘得愈牢，有些地方都已经干了，结成有裂纹的釉块。她分成两个自己——一个恼羞成怒地将枕头往下挥舞，另一个旁观，并为此深深自责。让她忍无可忍的是，这一幕他都看在眼里，看到了他犯傻娶来的这个累人的、歇斯底里的女人。此刻他目击现场，而且将永志不忘，为此，她可能会恨他。她非得离开他不可。

她火冒三丈，不胜羞愧，猛地从床上弹起来。即便如此，她的另一个正在旁观的自我似乎还是在冷静地告诉她——只是好像并未付诸言辞——可是这样做就是在发疯呀。她没法看他。跟一个见识过她这副样子的人继续同处一室，实在是种折磨。她抓起地板上的鞋子，一路跑过起居室，从他们吃剩的残羹冷炙边经过，跑到外边的走廊上，跑下楼梯，穿过大门，绕过饭店一侧，穿过长满青苔的草坪。终于抵达海滩之后，她也还是在不停地跑。

第四章

他与弗洛伦斯初次邂逅在圣吉尔斯，结婚则在半英里之外的圣马利亚，在两者相隔的短短一年间，爱德华常常到班布里路附近的那幢维多利亚时代的大别墅里过夜。维奥莱特·庞丁把他安顿在他们家所谓的“小房间”里，房间在顶层，颇为坚贞地离弗洛伦斯那间好远，透过窗户看得见一个四面围墙、有一百码长的花园，再往远处，还能瞧见一片地盘，或是一所学院，或是一位老者的家——他从来就没费神去弄清楚到底是什么。那个“小房间”比特维尔荒原农舍里的任何一个卧室都要大，说不定比那里的起居室还大。房间里的一面墙上覆满朴素的白漆书架，架上全是拉丁文和希腊文的《洛布古典丛书》[1]。爱德华喜欢与如此一丝不苟的学问扯上关系，不过他也知道，即便在床头桌上搁几本埃皮克提图[2]或者斯特雷波[3]的书，也骗不了什么人。与房子里的别处一样，他那个房间的四面墙都给漆成了白色，颇具异国情调——在庞丁家的领地上看不到一小片墙纸，不管是印花的还是条纹的都没有——而且地板也是光光的、没打过蜡的那种。这栋房子的顶层归他独用，楼梯平台上有一间宽敞的浴室，镶着维多利亚时代的彩色玻璃窗和上光软木砖——又是一个新玩意。

他的床很宽，且硬得非同寻常。房间的一角，在房顶的斜坡下面，有一张擦得锃亮的松木桌，一盏可以调节臂杆的万向灯，一张漆成蓝色的厨房椅。没有画，没有小地毯和小饰品，没有撕碎的杂志，也没有什么投入某种嗜好或者从事某项事业所留下的痕迹。平生第一次，他稍稍费了点劲保持整洁，因为这里跟他以前见过的房间不一样，在这里，让思绪平静、条理清晰，是有可能的。就是在这里，爱

---

① 《洛布古典丛书》是西方闻名遐迩的一套大型文献资料丛书，合英美古典学者之力翻译编纂而成。这套丛书专门收录古希腊罗马时期的文献典籍，几乎涵盖了全部古希腊文和拉丁文典籍，时间跨度达1400年。比起另两套同类典籍——《图柏勒古典丛书》和《牛津古典文献》，《洛布古典丛书》的最大特点是更兼顾学术性和可读性，附有译文对照，但在学术圈中其地位似与前两套有微妙差距。作者在此处安排女主人公家中出现这套书，似可视为点明人物身份与趣味的重要细节。

② 公元前一世纪时的希腊斯多噶派哲学家、教师。

③ （前63？—前21?），古希腊地理学家。

德华给乔弗里·庞丁和维奥莱特·庞丁写了一封正儿八经的信，宣告了他迎娶他们女儿的雄心，与其说是请求他们的恩准，不如说是踌躇满志地等候他们预料之中的首肯。

他没想错。他们看起来很开心，然后在某个周日，在伦道夫饭店的家庭午宴上宣告订婚。爱德华不太懂人情世故，以至于受到了庞丁家族的欢迎，也并不吃惊。作为弗洛伦斯稳定的男朋友——后来又成了未婚夫，他客客气气地把一切看作理所应当：他每次搭便车或者乘火车从汉雷抵达牛津时，他那个房间总是虚位以待，饭菜总是准备停当，饭桌上也总是有人向他征询对政府机构及世界局势的看法，他还能自由出入藏书室和那个划分出槌球区和羽毛球场的花园。当他的脏衣服被纳入全家换洗流程时，当一堆干干净净、熨烫平整的衣服出现在床尾的毯子上时(这是那位每个工作日都会来帮佣的清洁女工的好意)，他心存感激，但一点儿都不吃惊。

乔弗里·庞丁居然想跟他到夏日镇的草地球场上打网球，这事儿看起来也只能说无可厚非。爱德华的技术稀松平常——他能仗着个子高发个漂亮的球，偶尔也能从底线抽到一个结结实实的好球。可是，一到网前，他就捉襟见肘、笨手笨脚，而且他的反手球打得乱七八糟，他自己都信不过，宁可追着球往左边跑。对于女友的父亲，他有点害怕，担心乔弗里·庞丁把他看成一个侵略者，一个骗子，一个小偷，打算先进攻他女儿的贞操，得手以后就逃之夭夭——这种想法里只有一部分是真的。他们驾车驶往网球场的路上，爱德华也对这场球忧心忡忡——取胜不合礼数，但如果爱德华打不出什么像样的反击，那岂不是在纯粹浪费东道主的时间？其实这两点他都多虑了。庞丁属于另一种类型，击球出手快、落点准，年过半百能有如此旺盛活跃的精力，着实惊人。他以首盘六比一、次盘六比零、末盘六比一取胜，不过，最要命的是，但凡爱德华得了一分，他就火冒三丈。这位年长的网球手一边走回自己的位置，一边叽里咕噜地对自己发表演说，爱德华从他那头依稀听到，演说里有几句是针对他自己的暴力恫吓。事实上，时不时地，庞丁确实挥起拍子照着自己右侧的臀部揍过几下。他不仅仅是非赢不可，或者赢得不费吹灰之力；每一分他都需要。他分别在第一盘和第三盘里输掉的那两局，还有他屈指可数的几次无谓失误都把他惹得几乎尖叫起来——哦，看在上帝的分上，老兄！拉倒吧！开车回家的路上，他寡言少语，至少，爱德华能感觉到，虽说三盘球里他统共只得了十二分，却已经构成某种程度上的胜利了。但凡他按照正常的路数把比赛给赢下来，那兴许这辈子就没法获准再见到弗洛伦斯了。

通常，乔弗里·庞丁会用他那种神经兮兮、精力充沛的方式关怀他。如果爱德华在那栋房子里，那么，约莫七点他下班回来之后，会从酒柜里拿出金酒[①]和汤力水，给他们俩各自调上一杯——金酒与汤力水对半，放许多冰块。在爱德华看来，在酒里加冰可是件新鲜事。他们会坐在花园里谈谈政治——多半，是爱德华聆听他未来的岳父侃侃而谈，什么英国商业之衰落啦，工会之分工争端[②]啦，允许众多非洲殖民地独立是多么愚不可及啦。庞丁即便是坐下来，状态也不松弛——他整个人就抵在座椅边沿保持平衡，随时准备跳起来，而且，他一边说话，膝盖一边上下晃，要不就是和着他脑瓜里打的拍子扭动他穿在凉鞋里的脚趾头。他的

---

① gin，又译作杜松子酒。后文中“调上一杯”，就是调俗称“金汤尼”的鸡尾酒。

② 指不同工会对于某项工作究竟该由哪个工会的会员承担所引发的争端。英国的工会问题旷日持久，彼此错杂纠缠，是民众普遍关心的问题之一。

个子比爱德华矮得多，但颇为强壮，为了显摆肌肉发达、铺着一层金色汗毛的胳膊，他喜欢穿上短袖衬衫，哪怕上班也穿。他已经谢了顶，与其说是年龄的写照，不如说那更像是某种昭示权力的宣言——硕大的头颅上，晒成棕褐色的皮肤伸展得既光滑又紧致。那张脸盘也很大，小小的、肥嘟嘟的嘴唇处于静止状态时总会毅然决然地噘着，一只又扁又圆的小鼻子，眼睛分得很开，以至于在某些光线底下他活像是个巨大的胎儿。

弗洛伦斯似乎从来就不想掺和他们在花园的闲聊，也可能庞丁不想让她在场。凡爱德华目之所及，父女俩几乎不怎么说话——除非眼前有客人，而且，就算说话也有一搭没一搭。尽管如此，他还是觉得父女俩很在意对方，他有个印象，别人说话时他们俩会用目光交流，仿佛偷偷地合起伙来对别人评头论足。庞丁总会伸开胳膊揽住露丝的肩膀，可他从来——就爱德华所见——没拥抱过露丝的姐姐。尽管如此，言谈间，庞丁多次善解人意地提到“你和弗洛伦斯”，或者“你们两个年轻人”。是他，而不是维奥莱特，被订婚的消息鼓舞得兴奋不已，也是他，在兰道夫饭店张罗了那场午宴，当场祝酒多达六次。当时爱德华的脑海里闪过一个半真不假的念头：他是巴不得要把女儿嫁出去啊。

差不多就是在那段时间里，弗洛伦斯向父亲提议，爱德华也许可以到公司里帮把手。某个周六上午，庞丁用他那辆汉堡车载着他开到位于惠特尼边缘的自家工厂，那里设计组装插满了晶体管的科学仪器。当他们俩从乱糟糟的工作台之间走过时，周围尽是焊锡熔化后那股子乏善可陈的味道，爱德华整个人都被科学技术给震懵了，连一个有意思的问题都提不出来，对此，庞丁好像一点儿都不在乎。直到在一个没有窗户的僻静房间里碰上那位二十九岁的秃顶销售经理，爱德华才缓过一点劲来，那人在杜伦大学拿到过历史学位，博士论文是关于英格兰东北部的中世纪修道院生活。当晚，就着“金汤尼”鸡尾酒，庞丁给了爱德华一份工作，替公司出差，赢取新商机。他得研读产品知识，稍稍懂点儿电子学，再知道些合同法的皮毛。彼时爱德华尚未对职业作过什么规划，轻易便能想象自己大可以在开会间歇的火车上、饭店房间里写写历史书，于是就答应下来，也谈不上真有什么兴趣，更多的还是出于礼貌。

爱德华自告奋勇替庞丁干过各种各样的家务活，藉此与他们家的关系愈发亲近。一九六一年夏天，他多次给各种草坪除草——园丁病假——替木料间劈过三考得[1]木材，还定期开着他们家的第二辆车（奥斯丁35型）从闲置车库里把垃圾运到垃圾场去，维奥莱特打算改造那车库，再扩出一个藏书室来。也是开着这辆车——从来不许他开那辆汉堡——他送弗洛伦斯的妹妹露丝到塞姆、班布里和斯特拉福德去会朋友和表亲，然后再把她接回来。他还当过维奥莱特的私人司机，有一次是去温彻斯特参加一场关于叔本华的研讨会，路上她盘问了他对千禧年教派的兴趣。这些信徒的产生，与饥荒或者社会变革有何关联？鉴于他们的反犹立场和对基督教、商人的攻击，能否将这场运动看成苏联模式的早期形式？此外，一个颇具争议的问题是，难道核战争不是《启示录》中的天启末世论的现代版本么？束缚我们的，向来不就是我们的历史和我们那背负罪愆的本性——臆测我们终将灭绝吗？[2]

---

① 木材的小材层积单位，一般为128立方英尺，约作3.6246立方米。

② 这里涉及的千禧年主义（教派），属于基督教神学末世论。千禧年教义明载于《启示录》的第20章：千禧年时基督再度降临，撒旦被打入地狱，而殉道者复活并与基督共同统治千年。而到了这千年的末期，撒旦会再度作乱，但最后终归彻底失败。然后所有死者都将聚集起来，接受最后审判。在不同历史时期和不同教派，对这个概念的理解各有差异。本书第二章中曾谈及爱德华对中世纪狂热的千禧年信徒的态度。

他紧张地回答着，只觉得自己的理性素质正在经受考验。他们一边说话，一边驶过温彻斯特郊区。透过眼角的余光，他看见她拿出小粉盒，在她白皙而瘦削的五官上敷粉。他对她苍白的、竹竿似的胳膊和棱角尖锐的手肘很感兴趣，再次惶惑她到底是不是弗洛伦斯的母亲。不过，此刻他得一边开车，一边集中精力回答问题。他说他相信，此一时，彼一时，差异比相似更显著。差异表现为，一方是个耸人听闻、荒诞不经的白日梦，始作俑者是个后黑铁时代[①]的神秘主义者，后来又被中世纪那些轻信的同代人添油加醋；而另一方，则是对于一个可能发生、而我们也有能力防止其发生的骇人事件的理性的恐惧。

她脆生生地申斥起来，告诉他，他并没有领会她的意思，从而成功地掐断了对话。关键不是那些中世纪的信徒对于《启示录》和世界末日的看法有没有错。他们当然错了，可他们狂热地相信他们是对的，而且按照自己的信念行事。同样地，他本人也真诚地相信核武器会摧毁整个世

---

① 黑铁时代指希腊神话中以邪恶、自私、堕落为其特点的世界的最终和最恶的时期。

界，并依此行事。无足轻重的是：他的观点并不对，其实那些武器倒是能让这世界免于战乱的。说到底，核武器的目的就在于威慑。当然啦，他是学历史的，知道数百年来，大众的梦幻都有相同的主题。当爱德华领会到，她是在把他对于核裁军运动的支持与加入某个千禧年教派相提并论时，他礼貌地退缩了，剩下那半英里路，他们在车上一声不吭。还有一回，他载着维奥莱特往返切尔顿汉姆，去给女子学院六年级学生开讲座，阐述在牛津接受教育有何裨益。

他自己倒是在有条不紊地进步。就在那年夏天，他平生第一次吃到了用一只柠檬和油汁调制的色拉，还在早餐时喝到了酸奶——这种迷人的玩意他以前只在一部 007 小说里才见过。他那位不堪重负的父亲厨艺泛泛，而他学生时代里吃来吃去也不过是馅饼加薯片，从未见识过那些古怪的蔬菜——茄子，辣椒，青椒，小胡瓜和嫩豌豆——如今他已经司空见惯。他第一次上门，维奥莱特端来的头一道菜是一碗半生不熟的豌豆，他吓了一跳，简直有点不知所措。他还得克制自己对大蒜的厌恶，不喜欢那股子气味，更受不了它的赫赫声名。他把棍子面包叫成羊角面包，惹得露丝咯咯直笑，一直笑到从房间里走出去为止。起先，他让庞丁家略感诧异的是，他宣称自己从来没出过国，只到苏格兰的诺伊达特半岛上爬过那三座门罗山。平生头一回，他陆续遭遇了牛奶什锦早餐、橄榄、新鲜黑胡椒、不涂黄油的面包、凤尾鱼、半生的羊羔肉、除了“切达”之外的奶酪、普罗旺斯杂烩、粗红肠、鱼肉浓汤、不含土豆的全餐，还有，最最富有挑战性的，是一团散发着鱼腥味的粉红色的面团——希腊鱼子泥色拉。这些玩意，有好多吃起来略感恶心，而且，也说不清是在哪方面，它们显得颇为相似，不过，他下定决心，不能让人家觉得他没见过什么世面。有时候，一旦他吃得太快，就简直觉得自己要吐出来。

有些新玩意他倒是一见钟情：现磨现滤的咖啡，早餐喝的橙汁，焖鸭肉，新鲜无花果。他不可能知道，庞丁家的情形是如何非同寻常，那是牛津名师与商业巨子的联姻，维奥莱特一边在课堂上阐释“单子”和“绝对命令”[①]，一边操持家业，引领厨房革命风气之先——她一度与伊丽莎白·大卫[②]

---

① 均为哲学术语。“单子”指莱布尼兹学说中构成物质世界存在的最基本的、不可分的单位，“绝对命令”则是康德的伦理学用语。

② 伊丽莎白·大卫（1913 — 1992），英国当代最著名的烹饪及美食作家，因其博采法式菜、意式菜等其他菜式之所长，锐意改革英国烹饪观念，被誉为“拯救了二战之后的英国的厨房”。

过从甚密。爱德华浸淫在这样的家居环境中，却对他们那颇具异国风情的富庶浑然不觉。他只觉得牛津大学的老师理应如此，因而对这股子富贵气，他也没有流露出一点动心的样子。

说实在的，当时他乐疯了，他住在一个梦里。在那个温暖的夏天，他对弗洛伦斯的渴望与布景融为一体——那些白色的大房间，一尘不染的地板被阳光晒暖，纷繁芜杂的花园里那凉丝丝的、绿意盎然的空气，透过敞开的窗户沁进来，北牛津那些香气四溢的鲜花，还有藏书室桌上那一堆堆刚刚出版的精装书——爱丽丝·默多克的新作（她是维奥莱特的朋友），纳博科夫的新作，安格斯·威尔逊的新作[①]——他还头一回看到了一台立体声录音机。某日上午，弗洛伦斯给他看从一只优雅的灰匣子里伸出来的一支扩音器，看它裸露的、闪闪发亮的橙色电子管，外加齐腰高的扬声器，她给他放莫扎特的《哈弗纳交响曲》[②]，毫不留情地把音量开到最大。开头的八度音阶跳进以其近乎卤莽的清

---

① 以上三位均为彼时风头正健的作家。纳博科夫（1899 — 1977）系美籍俄裔作家，以《洛丽塔》等闻名世界，而默多克（1919 — 1999）和威尔逊（1913 — 1991）系英国本土作家，前者常年在牛津居住。

② 即莫扎特交响曲第三十五号。

晰将他牢牢吸引——仿佛突然有一整支管弦乐队在他眼前排开阵势——他突然抬起一只拳头，也不管会有谁听见，冲着房间那一头嚷嚷他爱她。无论是对她还是对任何人，这话他都是第一次说。她无声地变化口型，也拿这几个字回应他，看到他终于被一支古典乐曲打动，她笑逐颜开。他穿过房间，想跟她一起跳舞，可那调子愈来愈急，愈来愈躁动不安，于是他们只好草草停下脚步，拥抱在一起，任凭音乐在身边盘旋。

他怎么能欺骗自己呢，相比他那点狭小的眼界，这些难道不是非同寻常的经历吗？这些事他努力不去想。他生来不喜欢瞻前顾后，何况，彼时他在她的房子里走来走去，动不动就勃起，这种情形似乎将他的思维磨钝了，密封了。按照房子里那些秘而不宣的规矩，白天她练琴时，他获准懒洋洋地倚在她床上，只要卧室门开着就行。他本应该看书的，可他只能盯着她看，爱她赤裸的胳膊，她的发圈，她挺直的后背，爱她把小提琴往下颌底下一塞时，下颌美美翘起的样子，爱她乳房的曲线侧映在窗户上的剪影，爱她拉琴时棉布裙边在棕褐色的小腿肚上蹭来蹭去，随着她的变速和摇摆，腿肚上一小块一小块肌肉波澜起伏。时不时地，她会在自以为某个音调或者乐句处理得不够完美时叹一口气，把某个段落拉上一遍又一遍。另一个能看出她情绪的标志是翻乐谱的样子，手腕突然猛地一抖，啪嗒一声将某支曲子翻过去，而有时她又会流连不已，好像终于对自己满意了似的，要不就是对崭新的乐趣充满期待。她总是忘记他的存在，这让他有点儿恼，简直无法忘怀——她有全神贯注的天分，而他却会陷在某种百无聊赖、情欲萌动的含混状态中，打发掉整整一天。约莫过了一个钟头，她才似乎想起他就在身边，虽然她会回眸一笑，可她从来不会跟他一起躺到床上去——可能是孜孜不倦的职业理想，也可能是另一条家里的清规戒律，让她在原地站定。

他们在波特草地上散步，沿着泰晤士河往上游走，到"栖木"或"鲑鱼"里喝点小酒。谈及情感时——爱德华已经开始对这样的交谈厌烦了——他们提到了各自的野心。他侃侃而谈，说想写一系列短短的历史人物志，这些人物如今几乎已被人遗忘，但当年他们或曾在伟人身边片刻停留过，或曾在太阳底下须臾璀璨过。他跟她描述罗伯特·凯利向北方狂野飞奔的壮举，讲他赶到詹姆斯的宫廷时，如何从马上跌落，弄得脸上鲜血淋漓，而他的努力最终又是如何一无所获。自从那回与维奥莱特谈过以后，爱德华决定加上诺曼·科恩那本书里提过的一个中世纪教主——十四世纪六十年代鞭笞派的救世主，按照他及其追随者的宣言，他的降临是应验了《以赛亚书》中的预言。基督只是他的先驱罢了，因为他非但是最后审判日的君主，还是上帝本身。他那些喜欢拿鞭子抽打自己的信徒对他奴颜婢膝，在他面前做祷告。他的名字叫康拉德·施米德，据说在一三六八年被宗教裁判所绑在火刑柱上烧死，此后对他的大规模追随便烟消云散。照爱德华的设想，每本历史书都不会超过两百页，附上插图，由“企鹅”出版，或许等这个系列出齐以后，还能装在一个特制的盒子里整套推出。

顺理成章地，弗洛伦斯也说起了她对“伊尼斯莫四重奏”的计划。上个礼拜他们到先前就读的学院跑了一趟，在导师跟前将贝多芬的《拉祖莫夫斯基四重奏》从头拉到尾，他显得颇为兴奋。他马上告诉他们，他们是有前途的，无论如何，一定要坚持在一起，拼尽全力。他说他们应该打磨一套保留曲目，将重点放在海顿、莫扎特、贝多芬和舒伯特上，而后才是舒曼、勃拉姆斯以及所有那些二十世纪的作曲家。弗洛伦斯告诉爱德华，她不想要别样的生活，她无法忍受窝在某个管弦乐团的后排演奏席上浪掷光阴——假使她居然能在那里谋到个职位的话。而在四重奏组合里，工作是那么富有激情，全神贯注显得那么必要，每位演奏者都像是在独奏，那音乐又是如此美丽而丰富，以至于每回一曲终了，他们都觉得发现了某些新的东西。

说这些话的时候，她心里明白，他对古典音乐全无心得。在他看来，最好是把古典乐放低音量、权当背景，让这些彼此间并无显著差别的啜泣声、刮擦声和号角声如溪水般流过，这些声响通常象征着严肃与成熟，象征着对往昔的尊重，但它们没有一丁点趣味性和兴奋点。然而，弗洛伦斯相信，他在《哈弗纳交响曲》开头时的那声兴高采烈的欢呼是一个突破，于是她邀请他跟她一起到伦敦去看排练。他欣然接受——当然啦，他想看看她工作时的样子，不过更要紧的是，他很好奇，那位总挂在她嘴边的名叫查尔斯的大提琴手，究竟有没有情敌的嫌疑。如果是，那么爱德华觉得自己有必要高调亮相。

夏天是预定淡季，因此威格莫尔音乐厅隔壁的钢琴陈列室借给四重奏组合一间排练房，只象征性地收点费用。弗洛伦斯和爱德华赶在别人之前抵达，这样她就能领他先把整个音乐厅参观一遍。演员休息室也好，小更衣室也好，即便是观众席和穹顶，在他看来，也无法解释她何以对此地敬畏有加。她对威格莫尔音乐厅是那么引以为傲，就好像那里是她设计的。她领着他走上舞台，要他想象一下从台口走到洞察秋毫的观众眼前演奏，该是怎样的胆战心惊。他想象不出来，可他没这么说。她告诉他，会有这么一天的，她已经下决心了："伊尼斯莫四重奏"会在这里演出，场面美轮美奂，大放异彩。他爱她赌咒发誓时那副庄严肃穆的样子。他吻了她，然后跳到观众席，向后数三排，站在正中央，暗暗发誓，到了那一天他一定会在这里，就在这个座位，9C，演出结束时他要带头鼓掌、喝彩。

排练开始时，爱德华静静地坐在空旷的房间里的某个角落，沉醉在深深的幸福中。他发觉恋爱不是一种稳定的状态，却是一种由清新而澎湃的浪潮构成的东西，他现在就身陷其中。那个大提琴手是个矮矮胖胖、呆头呆脑的家伙，说话结巴，皮肤问题也很严重，他显然被弗洛伦斯的新朋友弄得惊慌失措，连爱德华都挺同情他，于是慷慨地原谅了他唯唯诺诺地黏在弗洛伦斯身边的熊样，毕竟，爱德华自己也只能不错眼珠地盯着她。她坐定，准备与朋友们一起工作，全然是一副心满意足、神游天外的样子。她头上戴着发圈，爱德华一边等着排练开始，一边胡思乱想，不单单是想跟弗洛伦斯翻云覆雨，而且想到了结婚成家，想到他们没准会生个女儿。毫无疑问，能寻思这些事情，就是他成熟的标志。或许，这念头只是一个面貌可敬的变体，其实质是那个古老的梦想，希望能有不止一个女孩爱上他。女儿将继承母亲的美貌和严肃，也有可爱的挺直的脊背，肯定也能玩一种乐器——没准儿是小提琴吧，虽然他一点儿都不排斥电吉他。

就在那天下午，弗洛伦斯从走廊上找到的中提琴手索妮娅跑来合作莫扎特五重奏了。他们总算要拉开架势练了。此时，有那么一小会儿，四周紧张兮兮，鸦雀无声，就好像莫扎特本人要亲自打分似的。他们刚开始演奏，爱德华就被那巨大的音量、雄壮的音响以及几种乐器仿如天鹅绒般丝丝入扣的互相交织给镇住了，一连好几分钟，他确实乐在其中——直到他弄丢了线头，像以前一样，对它一以贯之的那种古板的躁动和单调，越来越厌倦。然后，弗洛伦斯叫了个暂停，然后安安静静地做起了谱注，接着大伙儿又全面探讨了一番，才重新开始。这样连着循环了几次之后，一段甜美的旋律渐渐在爱德华耳边清晰起来，还有演奏者之间种种转瞬即逝的纠缠，以及那些他在下一次重复时渐渐留意到的大胆的突降与跳进。后来，在回家的列车上，他终于可以诚心诚意地告诉她，自己被这音乐迷住了，甚至还哼了几段给她听。弗洛伦斯深为感动，她又发了一遍誓——再一次，那教人战栗的庄严似乎把她的眼睛扩大了一倍。等到“伊尼斯莫”的好日子来临，他们到威格莫尔音乐厅首演，就会拉这部四重奏，那是特地献给他的。

作为回报，他从农舍找出一套唱片，拿到牛津来，想让她喜欢。她纹丝不动地坐着，闭上双眼，屏息凝神，耐心聆听查克·贝瑞[①]的歌。他以为她大概不会喜欢《从贝多芬身上碾过去》，没想到她倒听得挺开心。他给她放了几首“披头士”和“滚石”对查克·贝瑞的歌曲“笨拙然而可敬”的翻唱版本。她努力想对每首歌都说出几句赞许的评语，可她用的词儿尽是什么“有弹性”啦，“欢快”啦，“真心诚意”啦，所以他知道她只不过是在表达善意。他提议，既然她对摇滚乐其实并没什么感觉，那就没必要勉强自己，她便承

① 上世纪五十年代中期开始成名的一位黑人摇滚艺术家，是当时吉他乐的灵魂人物之一。

认，她就是受不了那些鼓点。既然这些曲调都那么小儿科，多半都是简单的四四拍，那又何必惊天动地，非要乒乒乓乓、丁零当啷地打拍子呢？既然已经有了一把节奏吉他，常常还有一台钢琴，那么用鼓点打拍子还有什么意义？如果那些音乐家需要听节拍，那他们干吗不弄个节拍器呢？如果“伊尼斯莫四重奏”也配上个鼓手，会是什么情形？他亲亲她，告诉她，在整个西方文明社会里，她是最最古板的人。

“可是你爱我，”她说。

“所以我爱你。”

八月初，特维尔荒原的一位邻居病了，因此爱德华打到了一份临时工，在特维尔板球俱乐部里当球场管理员。他每周要在那里干足十二个钟头，想什么时候去就什么时候去。他喜欢在清晨，甚至赶在父亲醒来之前就离开农舍，在鸟鸣啁啾中，沿着栽了欧椴树的林荫道漫步，仿佛他是这里的主人。头一个星期，他忙着准备场地，迎接主场与斯托纳队的德比战。他又是割草，又是拖滚筒，还帮着一位从汉布尔登跑来的木匠做好一块崭新的助视屏[1]，再刷上油

---

① 为了让板球运动员容易看清球，板球场两端设有大型活动白色墙板。

漆。但凡他没有什么活儿干，家里也没什么需要他帮忙的，他就直奔牛津，倒不单单是因为他渴望见到弗洛伦斯，而且他也要防着她一根筋，非要上他家去看看不可。他不知道她和他母亲会怎么看待对方，弗洛伦斯一旦看到农舍里脏兮兮、乱糟糟的样子，又会作何反应。他觉得，他需要时间，好让这两个女人都有思想准备，不过，后来发现，这么做压根就没必要；在某个礼拜五，炎热的午后，他穿过球场，赫然发现弗洛伦斯就在凉亭的阴影里等他。她知道他的作息时间，就搭了一列早班车，再从汉雷走到斯托纳山谷，手里攥着一张“一英寸比一英里”的地图和几只装在帆布包里的橘子。她已经守了半个小时，看他画远处的边界线。她在远远地爱他，他们亲吻时，她这样说。

在他们刚刚相爱的那段日子里，那是最美妙的时刻之一，当时他们胳膊挽着胳膊，沿着那条灿烂的林荫道回家去，他们走在大路正中，好将它完全据为己有。既然已无可逃遁，那么，不管是她与他母亲的相见，还是那间农舍，都显得不再重要了。欧椴树投下的影子是如此浓重，在明丽的日光下，看起来黑中发蓝，荒原上长满了新鲜的野草闲花。他趁机炫耀了一把，对这些花花草草的俗名如数家珍，而且，说来走运，他居然在路边找到了一丛切尔顿龙胆。他们只采了一朵。他们看见一只黄鹀，一只金翅鸟，接着，有一只雀鹰倏然飞来，以一个窄窄的角度绕过一棵黑刺李。她就连这些常见鸟类的名字也不知道，可她说她一定要学。她兴高采烈，因为一路走来，风光秀丽，她选的路线很聪明：离开斯托纳山谷以后，就沿着窄窄的农场小径步入罕有人迹的比克斯伯顿，经过破败荒疏、覆满了常春藤的圣詹姆斯教堂，沿着林木繁茂的斜坡走到“处女林”的公地上，她在那里看到了大片大片的野花，然后，她穿过山毛榉林，来到皮斯山河岸，那里有一座砖石教堂，它的庭院无比优雅地傍山而居。她将每处景致细细道来——而这些地方他是那么熟悉——他便想象着她置身于其中，独自一人，徒步几个小时，向他走来，只间或停下脚步，对着她的地图皱皱眉头。都是为了他。多好的礼物啊！ 他还从来没见过她这么快乐，这么漂亮。她用一块黑天鹅绒将头发挽到脑后，穿黑色牛仔裤、胶底帆布鞋，还在白衬衫的一只扣眼上系了一枝俏皮的蒲公英。在他们去往农舍的路上，她一个劲地拽他粘着杂草的胳膊，要他再亲一下——虽然是最浅的那种吻，也只有在这一次，他才欣然地，或者至少是平静地接受，他们不能再前进一步了。还剩下一只橘子，她剥掉皮，在路上分着吃，他再攥她的手，就觉得黏糊糊的。为了她灵光一闪而创造的惊喜，他们沉浸在纯净的兴奋中，看起来，他们的人生既幸福又自由，整个周末就铺展在他们眼前。

如今，一年之后，在他的新婚之夜，半明半昧中，当爱德华从床上起来时，那段从板球场踱到农舍的路在嘲弄着他。他感觉到种种矛盾的情感在相互拉扯，他得竭力抓牢他对她所有最美好、最善意的关切，要不然，他觉得自己会垮掉的。他会干脆放弃。当他穿过房间、从地板上捡回自己的内裤时，双腿如同灌了液体一般沉重。他穿上内裤，再拾起长裤，任裤腿从手上垂下来左摇右摆，他兀自站了好一会儿，凝视窗外被风吹皱的树，此时天色已黑，那些树看上去成了一团团彼此连缀、半灰不绿的色块。一弯朦胧半月高挂空中，实在发不出什么光芒。海浪每隔一会儿就在岸上撞碎，那声音总是冲乱他的思路，就好像一按某个开关，他心里便满怀厌倦；自然世界的那些无情的法则和过程，什么月亮啦潮汐啦——对此他通常漠不关心——不曾因为他的境况而发生一丁点儿改变。这显而易见的事实真是太残酷了。如此形影相吊，孤立无援，他该怎么捱过去呢？他该怎么下楼去，跑到海滩上——他猜她一定在那里——面对她呢？长裤抓在他手里，显得又重又滑稽，两条一模一样的棉布管子各自有一头接到一起，这种样式已经独领风骚了好几个世纪。在他看来，只要穿上它，他就得回到社交界，重新面对他的义务，重新感受到他的耻辱确实达到了何种程度。一俟穿戴齐整，他就只能动身去找她了。所以，他在磨蹭。

与许多栩栩如生的回忆一样，他在追思那段与弗洛伦斯一起走向特维尔荒原的经历时，也在回忆周围镶上了一轮遗忘的暗影。他们走到农舍时，肯定是发现家里只有母亲一个人——父亲和妹妹应该已经到学校去了。玛约蕾·梅休但凡撞到一张陌生面孔，通常都会乱作一团，可是爱德华一点儿都不记得到底怎么介绍弗洛伦斯的，也不记得，当她看到那些拥挤而肮脏的房间，闻到从厨房下水道里飘来的恶臭——在夏天总是最严重——时，又有什么反应。关于那个下午，他只抓得住某些记忆的碎片，某些画面，像几张旧明信片。有一幅是透过起居室那扇沾着污迹的格子窗，看见弗洛伦斯和他母亲坐在花园尽头的长椅上，每人手里拿着一把剪刀和几本《生活》杂志，一边剪，一边闲聊。妹妹放学之后，肯定拉着弗洛伦斯去看了一位邻居家新产下的小驴崽，因为在另一幅画面上，她们仨互相挽着胳膊，穿过草地回家来。第三幅是弗洛伦斯拿着一托盘茶点从屋里出来，走到花园里端给他父亲。哦，没错，他不应该怀疑的，她是个好人，大好人，那年夏天，梅休一家都爱上了弗洛伦斯。双胞胎妹妹还跟着他去了牛津，同弗洛伦斯姐妹俩一起在河上玩了一天。玛约蕾总是会问起弗洛伦斯，尽管她从来记不住她的名字，至于莱昂奈尔·梅休，倾其毕生在人情世故上的心得，建议儿子务必赶在“那姑娘”逃走之前娶她。

他重温去年记忆——农舍“明信片”，欧椴树下的漫步，牛津夏日，并不是出于某种多愁善感的渴望，并不是要在他的忧伤里添什么佐料，或者任其泛滥，而是要将忧伤驱散，让自己感觉到爱情，不让某种他起初并不愿意承认的成分自由发展，进而掐断种种不妙的苗头：情绪愈来愈阴暗，一种比情绪更阴暗的猜测，一丝毒药的痕迹——即便此时此刻，这痕迹仍在他体内蔓延。愤怒。这个魔鬼先前被他镇压过，当时他觉得自己的耐心眼看着就要爆炸了。多想向它屈服啊，反正此刻只有他一个人，完全可以让它烧得如火如荼。在经过如此这般的羞辱之后，他的自尊需要这样的燃烧。单单是转一转念头又能带来什么伤害呢？最好还是趁现在，趁他站在这里，半裸着身子陷在新婚之夜的一片狼藉中时，把怒火发泄掉吧。随着欲望的骤然消失，他清醒了，推着他向愤怒妥协。既然欲望已经无法将思维弄得绵软而模糊，他就能够拿出在法庭上辩论的客观立场，将一场羞辱铭记在心。这是一次怎样的羞辱啊，当她满怀厌恶地大喊大叫，拿起枕头大惊小怪的时候，她对他是何等轻蔑啊，至于她一言不发地从房间里跑出去，撇下他，带着那教人作呕的斑斑点点的耻辱，承担着所有失败的重负，这样做，岂不是将解剖刀又狠狠地转了一圈吗？她反正已经尽其所能，将事情搞得雪上加霜、难以挽回了。她看不起他，她想惩罚他，想扔下他，让他一个人反刍自己的过失，却不许他琢磨她那边的责任。毫无疑问，是她手上的动作，她的手指，才让他失控的。一想到她的摩挲，那种甜美的感觉，那新鲜而锐利的觉醒，就让他心猿意马，几乎要将他从这些愈来愈冷酷的想法中勾引出来，诱惑他开始原谅她。但是他抵挡住了。他已经找到了他的主题，他在向前推进。他先是感觉到前方有个分量更重的东西，而此刻它已近在眼前，他终于碰到了，于是他猛地闯进去，就像一个矿工闯进了更宽广的隧道，这条昏暗的通路够轩敞，足够装下他越积越多的怒火。

它清晰地展现在他眼前，他真是个白痴啊，以前居然视而不见。整整一年光景，他都在被动地饱受折磨，想她想得身心痛楚，怀抱着一些微不足道的要求，那都是些可怜巴巴、天真无邪的事儿，好比想要一个真正的、尽兴的吻啦，想让她碰碰他，也让他碰碰她啦。惟有想到婚约，他才能松一口气。而她，剥夺了他们俩多少乐趣啊。即便他们非得等到婚后才能做爱，也没必要搞得那么委婉曲折，承受苦苦压抑的痛楚吧。他一直挺耐心，从不怨天尤人——真是一个恪守礼教的傻瓜啊。换了别的男人，不是百般索求，便是扬长而去了。而且，既然这一年来他因为苦苦禁欲已成强弩之末，那么到头来他没能控制好，在紧要时刻溃不成军，也就怪不得他啦。就是这么回事。他扔掉了这份羞辱，他不承认。明明是她的错，可她居然失望地扯开嗓子嚷嚷，居然从屋里跳起来逃走，真是够可恶的。他应该接受这个事实，她不喜欢接吻，不喜欢抚摸，她不喜欢肌肤相亲，她对他没兴趣。她不解风情，一点儿欲望都没有。她永远都无法体会他的感受。爱德华以下的几步推理，草率得致命：这一切她都知道——她怎么会不知道呢？——她欺骗了他。她想找个丈夫是为了赢得别人的尊重，或是为了取悦父母，再不就是为了随大流。也可能她以为这是个绝妙的游戏。她不爱他，她无法投入男女之情，而且她知道这一点，故意瞒着他。她撒谎。

在光着脚、只穿一条短裤的时候求索如此严酷的真理，可不是一件容易的事。他一边套上长裤，伸手摸索鞋袜，一边前前后后又想了一遍，顺便铲平毛毛糙糙的边边角角和磕磕绊绊的迁移转换——这些过渡段落，都是从他本人的犹豫中挣脱出来的，这样一来，他就将自己的案例打磨得完美无瑕了，而与此同时，他的火气又上来了。这事儿眼看着就要到紧要关头了，如果还是缄默不语，就毫无意义了。一切都将水落石出。她必须知道他的想法和感受——他必须告诉她，指给她看。他从椅子上抓起上衣，从屋里直冲出去。

第五章

她看着他沿着海岸走过来，起初，在光线越来越暗的砂石道上，他的身影只不过像一块靛蓝色的污迹，有时候看起来纹丝不动，轮廓忽隐忽现、淡入淡出，有时候又突然靠近，就像一枚棋子往她的方向移了几格。最后一抹夕照洒在海岸上，在她身后，径直向东，波特兰亮起了点点灯光，远方一座小镇上街灯微黄，光打过来，了无生气地反射在低处的云朵上。她看着他，希望他能走得慢一点，因为她心怀愧疚，怕见到他，巴不得能让自己多待一会儿。无论他们俩要展开怎样的对话，她都害怕。按她的理解，先前发生的事儿，根本找不到什么词儿来形容，也根本不存在那么一种语言，可以供两个正常的成年人共享，可以把这样的事情向对方描述出来。至于为此而争论，那就更是她一点儿都没法想象的事了。没什么好讨论的。她不想琢磨这件事，而且她希望他的感觉能跟她一样。可是，除此之外，他们俩还能讨论什么呢？若非如此，他们为什么要跑到外头来呢？这事儿就横在他们俩之间，实在得像一个地理属性，一座山脉，一处海角。无以名状，无从逃避。她很羞愧。她自己的所作所为余震未消，仍在她体内激荡，甚至就像是在她耳边回响。所以她才会沿着海滩跑出去那么远，穿着她的蜜月鞋跑过重重的砂石道，这样她就能逃开这间屋子，逃开屋里发生的一切，也逃开她自己。她的行为惹人生厌。*惹人生厌*。她让这个笨头笨脑、亲切友好的词儿在头脑里重复了好几次。这根本就是个大慈大悲的说法嘛——她打起网球来惹人生厌，她妹妹弹起钢琴来惹人生厌——弗洛伦斯知道，与其说这个词儿描述了，倒不如说是掩盖了，她的行为。

与此同时，她意识到他也出了丑——想想看，当他从她身上抬起来的时候，那紧张的、惶惑的眼神，还有脊梁骨上那蠕虫般的抽搐。可她竭力不去想这些。她怎么敢承认，当她发觉问题不仅仅出在她身上、他这边也有错的时候，她多少有点儿松了口气呢？但凡他有什么先天疾患，一个家传的病根，某种堪称难言之隐的毛病——好比遗尿啦，癌症啦什么的，一个她出于迷信而不敢大声说出来、生怕传染到她嘴里去的词儿——真够傻的，当然啦，对此她永远都不会承认，如果是这样，那该多可怕呀，然而，那又是多么令人宽慰啊。这样一来，他们就能相互同情了，就能因为他们各自所遭受的苦难而相亲相爱了。她确实挺同情他的，可她也有点儿受骗上当的感觉。既然他的状态不大对劲，那他干吗不悄悄地告诉她呢？可是她完全明白他为什么说不出口。她也说不出口。他该怎么开口将自己的特殊缺陷表达出来呢，用哪几个词儿打头呢？这些词儿压根就不存在。这样的语言还没发明出来呢。

即便是她在苦苦地把这些事情想透的当口，她也很清楚，他没有错。一点儿都没错。是她不好，就是她不好。此时她背靠在一棵倒下的大树上，这棵树或许是被一场暴风雨冲到海滩上的，海浪在树皮上刷出了道道条纹，咸咸的海水将木头打磨得既光滑又坚硬。她舒舒服服地卡在一根树枝的斜角上，后腰抵在宽阔的树干表面，还能感觉到一丝白昼的余热。想来，当小宝宝安安心心地偎依在母亲臂弯里的时候，就是这样的情形吧，尽管，维奥莱特忙于写文章、想问题，把一双胳膊折腾得瘦筋筋、紧绷绷的，弗洛伦斯根本就不相信自己也能偎依在她的臂弯里。弗洛伦斯五岁那年，来过一位与众不同的北方保姆，倒是体态丰满、宛若慈母，悦耳的苏格兰嗓音，粗糙而发红的指关节，可是后来出了一件没有声张的丑事，她就卷了铺盖。

弗洛伦斯的目光继续追随着爱德华沿着海滩走过来，她相信此时他还看不见她。她大可以顺着陡峭的海岸走到下面，再沿着弗利特湖[①]的堤岸往回走，然而，虽然她怕他，可她觉得，如果就这么跑了，那实在太残忍了。倏忽间，她望见了他肩膀的轮廓，衬着这轮廓的是一道银色的海水，卷起一股仿如烟尘般飘缈的激流，远远地向他身后的大海涌去。现在她能听见他走在鹅卵石上的脚步声了，也就是说，他也能听见她的声音了。他知道该往这方向来，因为他们先前就是这么决定的，按照他们的饭后计划，应该带上一瓶酒，到这条著名的砂石道上散散步。他们打算沿着这条路收集几块石头，比比大小，看看暴风雨是不是真的替海滩上的石头分了类。

此时，虽然没能享受到这份乐趣，她倒并不觉得格外

① 切瑟尔海滩与弗利特环礁湖的东南端相接。

感伤，因为很快就有另一个念头冒出来，先前，傍晚时分，这个问题她只想到一半就给打断了。相爱，并且给对方自由。她想，她可以提出这样的观点，一个鲁莽的建议，可是，在别人听来，在爱德华听来，也许既可笑又愚蠢，没准儿还成了一种侮辱呢。对于自己的无知，她向来估计不足，因为在某些事情上，她自以为聪慧过人。她还需要一点时间。可他马上就要过来了，可怕的对话就要开始了。她还有一处软肋：不知道该拿出怎样的态度来面对他，她的思绪全无着落，只顾着害怕他会说出怎样的话，自己按理又该如何回敬他。她不知道到底是该请求宽恕呢，还是理应听到一声道歉。她不在“爱情”里头，也不在“爱情”外头——她什么都感觉不到。她只想孤身一人，在暮色中靠着她的大树。

他手里就好像攥着个什么包裹似的。在足足离她有一个房间那么长的地方，他停下脚步，在她看来，这个举动本身就不太友好，于是她心里也升起了敌意。他何必追她追得这么急呢？

果然，他的嗓音里透着愤怒。“你在这里啊。”

对于如此空洞的话，她想不出什么回应来。

"你真的有必要跑得这么远吗?"

"对。"

"这里离饭店肯定有两英里了。"

她话音里那股子硬邦邦的劲儿,把自己都吓了一跳。"我不在乎有多远。反正我得出来。"

他没理会。他调整两腿的重心,脚下的石子随之叮当作响。现在她看清楚了,攥在他手里的是他的外套。海滩上温暖而潮湿,比白天更热。他居然认为非得随身带好外套不可,这让她心烦意乱。他总算没把领带给打上!上帝啊,刹那间,她的怒火蹿得有多高啊,而就在几分钟前,她还满怀愧疚呢。平时她向来都喜欢把他往好处想,现在她可顾不得了。

他拉开架势,要把自己盘算好的话告诉她,便往前挪了一步。"瞧,这样多荒唐啊。你就这样跑开,不公平。"

"是吗?"

"说实在的,这样真是该死的够烦人的。"

"哦,真的吗?好吧,真是该死的够烦人的,你的所作所为。"

"什么意思?"

她一边闭上双眼，一边说：“你很清楚我是什么意思。”日后她会因为自己在这个回合里扮演的角色而倍受折磨，但此刻，她还是加上了一句：“真叫人作呕。”

她觉得自己仿佛听到他咕哝了一句，就好像当胸给人砸了一拳似的。如果随后的那段沉默能再长几秒钟就好了，这样她的内疚就来得及挣脱她的束缚，她也许就能补上几句不那么恶意的话了。

可是爱德华开始发作了。“该怎么跟男人相处，你连一点儿概念都没有。但凡你懂一点儿，就根本不会发生这样的事。你从来都不让我靠近你。那些事儿你一无所知，对吗？你的一举一动，就好像现在是一八六二年似的。你连怎么接吻都不懂。”

她听到自己脱口而出：“我一看见它就知道成不了。”可她其实不是这个意思，她压根就不是这么残忍的人。这只不过是第二小提琴手在应和第一小提琴手罢了，他的攻击是那么突然那么精准，在他反复念叨“你”的时候她分明听出了嘲讽，激得她只能用这样的巧言辞令来抵挡。就那么一小段话，她得承受多少指责啊？

即便她已经伤害了他，他也不露声色，不过她几乎看不见他的脸。也许正是因为天黑，她才会胆大妄为。他再开口时，连调门都没拔高。

“我不想被你侮辱。”

“我不想被你欺负。”

“我没欺负你。”

“你明明欺负了。你一直都在欺负。”

“这样真荒唐。你在说什么呀？”

她吃不准，可她知道她正是在顺着这样的路线往前去。“你总是在推我，推我，想从我身上弄到什么东西。我们从来就不能，我们从来就不能开开心心。一直就有这种压力。你总是想从我身上弄到更多的东西。没完没了的连哄带骗。”

“连哄带骗？我不明白。希望你不是在说钱。”

她不是那个意思。她根本没想到这个茬。扯什么钱不钱的，多可笑啊。他怎么敢。于是她说：“哦，好吧，你终于提到这个了。显然你一直惦记着。”

正是因为他在话里含讥带讽，才把她激成这样的。要不就是他那种轻飘飘的调调。其实她说的问题比钱更要紧，可她不知道该怎么讲。她指的是他的舌在她嘴里愈推愈深，他的手在她的裙子或者衬衫底下愈摸愈远，他的手拽着她往他的腹股沟上贴，还有他那副将目光从她身上移开、一下子陷入沉默的样子。那是一种阴郁的期待，希望她能给得更多，既然她做不到，那么她就是个叫人扫兴的家伙，什么事儿都让她给耽误了。无论她越过了哪条边界，总会有一条新的边界冒出来，等着她。她每让一步，他的要求就会更多，于是失望接踵而至。即便在他们最开心的时候，也总会冒出一个兴师问罪的阴影，他那心愿未了的忧伤，简直藏也藏不住，仿若一座高山，幽然耸现，而他们俩都相信，这连绵不绝的哀愁，是应该由她来负责的。她既想耽于爱情，又想保持自我。可是，一旦要保持自我，她就得不停地说不。这样一来，她就再也不是她自己了。她给打造成几近病态的模样，成了正常生活的敌人。他明明可以给她更多的时间独处，却非要沿着海滩一路追来，这让她很生气。在这里，在英吉利海峡的海岸上，他们只不过要应付一个闹大了的小问题罢了。她已经可以预见接下来会怎么样了。他们会吵一架，会和好，要不就是大致和好，她会给哄回房间去，然后殷殷期望又会落到她身上了。她又会败下阵来。她透不过气来。她的婚姻已经有了八个钟头的历史，每一个钟头都是压在她身上的重负，而且愈来愈重，因为她不知道该怎么向他描述自己的想法。那么钱就只好充当主题了——说实在的，还真管用呢，因为现在他给激怒了。

他说："我可从来没在乎过钱，不管是你的，还是别的什么人的。"

她知道这话没错，可她一言不发。他调整了一下位置，因而，借着他身后的水面上那一点即将暗淡的光，她看清了他的轮廓。

"那就守着你的钱吧，守着你爸爸的钱吧，你自己去花。去买把新的小提琴。别浪费在什么我也能用的东西上。"

他的嗓音紧绷绷的。这下她把他彻底惹毛了，甚至比她的本意更离谱，可眼下她也顾不得了，她看不见他的脸，这倒也有好处。他们以前从来没说过钱。她父亲送的结婚礼物是两千英镑。她跟爱德华只是含含糊糊地说过，有朝一日要拿这钱买所房子。

他说："你以为，那份工作是我从你那里连哄带骗着弄来的？你就是这么想的。我又不想要。你懂吗？我不想替你爸爸打工。你可以告诉他，我改主意啦。"

“你自己去跟他讲。他高兴还来不及。为了你他已经惹了好多麻烦啦。”

“那敢情好。我会去讲。”

他转过身，从她身边走开，朝海岸线走去，走了几步以后又回来，脸面也顾不得了，凶巴巴地在砂石道上一阵猛踢，扬起一片细石子儿，看上去烟雾腾腾的，有些细石子儿落到她的脚边。他这一怒，把她的火气也激起来了，她一下子就觉得，她已经明白他们俩的问题在哪里了：他们俩都太讲礼貌了，太拘泥了，太胆怯了，他们踮起脚尖，窃窃私语，拖拖拉拉，唯唯诺诺，在对方身边兜圈子。他们简直谈不上互相了解，而且根本做不到，因为那种友善的近乎沉默的氛围像一条毯子，窒息了他们的差别，既蒙住了他们的双眼，又捆住了他们的手脚。他们本来一直害怕会有不同意见，现在他这么一发火，她倒解脱了。她想伤害他，想惩罚他，好让她跟他划清界限。她心里油然而生的，是一种多么陌生的冲动啊，渴望在摧毁中获得快感，她根本抗拒不了。她的心怦怦直跳，想告诉他她恨他，但凡让她先开口，她就打算把那些平生从未说出口的、既残忍又漂亮的词儿讲出来了。而此时他又回到了起点，调动起自己所有的尊严，申斥她。

“你为什么要逃跑啊？那是你的错，很伤人。”

错。伤人。真够可怜的哟！

她说：“我已经跟你讲过。我非出去不可。跟你一起待在那里，我受不了。”

“你是想侮辱我。”

“哦，好吧。如果你要的就是这个。我是想侮辱你来着。你也就只配这个，既然你连自己都控制不住。”

“你这么说话，真是个婊子。”

这个词儿就像是一场发生在夜空中的星暴①。现在她想说什么就能说什么了。

“如果这就是你的想法，那你就从我这里走开吧。别见面了，行不行。爱德华，请你*走开*。你听不懂吗？我跑到这里来就是想一个人待着。”

她知道，他已经意识到自己的话说得太离谱了，话一出口就把自己给困住了。她转过身背对着他，觉得自己在演戏，多少有点儿耍花招的意思，以往她看到那些喜欢表

① 天文学术语，一种异常强烈的恒星形成的活动，发生时景象壮观。

情达意的小姐妹使出这样的招数，少不得要鄙夷一番的。她对这场谈话厌倦透了。即便谈出最好的结局，也不过是把她送回去，把先前那些寂寂无声的机械动作，再领教几遍罢了。平常，她一旦心生郁闷，就会寻思，自己最喜欢做什么样的事。这一回，她立马就反应过来了。她想象着自己站在牛津火车站的月台上，时值上午九点，她手里拎着小提琴盒，肩上背着的旧帆布书包里装着一束乐谱和一捆削尖的铅笔，径直赶去参加四重奏排练，她将邂逅美好，遭遇挫折，与问题狭路相逢，而那些跟她合作的朋友，也确实能够解决这些问题。然而，在这里，与爱德华在一起，她根本想象不出能有什么解决方案，除非让她来提议，而如今她怀疑自己还有没有这样的勇气。她的人生居然跟这个从切尔顿山上的小村子里下来的怪人，这个认得出野花和庄稼的名字，知道所有中世纪的国王和教皇的怪人，纠缠不清，她有多不自由啊。眼下，在她看来，她居然替自己选择了这样的处境，纠缠到这团乱麻里去，这是多么离奇古怪的事儿啊。

她还是背对着他。她感觉到他凑近了些，她想象着他就在她身后，双手松松垮垮地垂在身体两边，有气无力地捏起拳头，再有气无力地放开，心里琢磨有没有可能去碰碰她的肩膀。群山那边是密密实实的一团漆黑，从那里响起一只鸟儿的歌声，如长笛般宛转悠扬，一路顺着弗利特湖传来。歌声如此悦耳，又在这个钟点响起，单凭这两点，她会猜那是夜莺。可是夜莺会住在海边吗？它们会在七月里唱歌吗？爱德华是知道的，可她没心思问。

他端出一副就事论事的腔调，说：“我爱过你，可你让我爱得这么艰难。”

他的时态里暗藏的玄机在两人身边扎下根来，他们一时缄默不语。最后，她终于开口，语气不胜狐疑：“你爱过我？”

他没有纠正。也许他本人并不是那么糟糕的战术家。他只是说：“我们本来可以让彼此都自由自在的，我们本来可以置身天堂的。可我们偏偏要陷在这团乱麻里。”

这话里含着真真切切的事实，而且换了个更有希望的时态，一时让她丢盔卸甲。可是“一团乱麻”这几个字又让她想起卧室里那脏兮兮的一幕，想起那些粘在她皮肤上的玩意已经干透了，结成硬块，随即裂开。她确信，她再也不会让这样的事情发生在她身上了。

她不愠不火地答道："是。"

"到底指什么？"

"一团乱麻。"

沉默，一段猜不出会有多长的僵局，其间，他们听到海浪的声音，还有那只愈飞愈远的鸟，断断续续地，听到它的叫声虽然愈来愈轻，却比原来更清晰。末了，不出她所料，他将一只手搁在她肩膀上。这样碰碰她是出于善意，指尖散开一丝暖流，沿着她的脊柱流进她的后腰。她不晓得该怎么想。她真讨厌自己这副样子，本应该转身的时候却在盘算什么时机，她还眼睁睁地看着自己——没准他也在看着她——就跟她母亲一样既笨拙又脆弱，难以捉摸，在他们明明可以在天堂里自由徜徉的时候，却在忙着制造麻烦。所以她应该把事情简化一下。那是她的职责，她的婚姻职责。

她转过身，挪开步子好避开他的触碰，因为她不想让他亲吻，现在不行。她需要一副清醒的头脑，好把自己的计划告诉他。可是，他们还是凑得很近，足以让她在黯淡的光线里看清他脸上的某些部分。也可能，此时在她身后，遮在月亮上的云散开了一些。她觉得他正在用那种饱含惊叹的目光看着她，每回他这么看她，接下来就会告诉她，她真美。说真的，她从来没有相信过他，而且，一想到他这么说是因为想从她身上得到某些她给不了的东西，她就心生烦恼。被这个念头一搅和，她说话就抓不住要害了。

她失魂落魄地问道："那是夜莺吗？"

"那是乌鸫。"

"在晚上叫？"她掩饰不住失望。

"这里肯定是个高档地段。这可怜的家伙非得卖力干活才行。"他又加了一句，"就跟我一样。"

她一下子笑起来。这就好像她先前多少有点忘记他了，忘记了他的真性情，而此刻，他又清清楚楚地出现在她跟前，这个她爱恋的男人，她的老朋友，总能说出神秘莫测、教人怜爱的话来。可是她笑得不大自在，因为她觉得自己有点儿狂乱。她还从来不知道她的情感，她的心绪，居然能如此陡然下沉、骤然急转。而此时此刻她正打算提出一项建议，从一个角度看，这个建议是完全合理的，而从另一个角度看，很可能——她心里没底——是绝对残忍的。她觉得她仿佛要将生活本身都兜底翻了。她要捅娄子了。

她的笑容替他壮了胆，他又朝她跟前凑了凑，想去握她的手，可她又逃开了。关键是必须有能力心无旁骛地思考。她先在脑海里排练了一番，然后发表演说，一开头就是一段至关重要的宣言。

“你知道我爱你。很爱，很爱你。我也知道你爱我。我从来没怀疑过。我喜欢和你在一起，我想与你共度人生，而你说你也这样想。这些都应该是轻而易举的事儿。可其实不是——我们陷在一团乱麻里，就像你说的那样。即便有这些爱也没用。我也知道那全都是我的错，而且我们都知道那是为什么。你现在肯定一清二楚啦，呃……”

她结结巴巴；他想开口说话，可她挥了挥手。

“呃，我不可救药啦，绝对不可救药，在性那个问题上。我非但做不好这件事，而且我似乎不像别人，不像你那样需要它。反正它就是跟我没什么关系。我不喜欢它。我不乐意想到它。我不知道怎么会这样，可我想这事儿是改不了的。反正眼下是改不了。至少，我没法想象能怎么改。如果我现在不把这话说出来，这事儿就会一直跟我们过不去，那就会给你带来好多好多苦恼，对我也一样。”

这一回，她停顿的时候他不说话了。他离她六英尺远，此时只看得见一个剪影，几乎纹丝不动。她害怕了，只好继续往下说。

“也许我应该接受心理分析。也许我真正想要的是杀了我的母亲，嫁给我的父亲。”

这个鲁莽的小笑话是她先前就想到的，好让她的观点显得柔和一些，或者让她的口气听上去少一点不谙世事的意味，可是爱德华一点反应都没有。在海的映衬下，他还是那个暧昧难辨的二维剪影，一动不动。她犹疑而烦躁地举起手，在额头上拂开一绺根本就不存在的散发。她一紧张，话就越说越快，可她还是把意思表达得干脆利落。她就像是个溜冰的，脚下的冰面愈来愈薄，为了不沉下去，她就只能加快速度。她在她的句子之间横冲直撞，就好像单凭速度便能言之成理似的，就好像她能推着他也把那些矛盾跨过去似的，就好像，只要她推着他飞快地晃过她的意图所构成的弧线，那么他就抓不住什么可以质疑的东西了。不幸的是，她并没有把话说得含含糊糊，所以听起来显得轻轻松松，而实际上，她都快崩溃了。

“我认真考虑过啦，这事儿并不像它听上去，我是说，第一回听上去那么傻。我们相爱——这是既定事实。这点我们俩都不怀疑。我们已经知道，我们能让彼此多么快乐。

现在我们能由着性子做出自己的选择，创造自己的生活。说真的，谁也不能告诉我们该怎么过日子。没有代理人啦！而且如今人们的生活方式五花八门，他们都能按照自己的规矩和准则行事，用不着非得请求别人的批准。妈咪就认识两个同性恋，他们就在一所公寓里同居，就跟夫妻一样。两个男人。就在牛津，博蒙特街。他们还挺安心的呢。都在基督堂学院教书。没人打扰他们。我们俩也能制定自己的规矩。正因为我知道你爱我，我才能把这话说出来。我的意思是，是这个——爱德华，我爱你，我们没必要跟别人一样，我是说，没人，根本没人……没人会知道我们做了，还是没做。我们可以在一起，住在一起，而且，如果你想，真的想，也就是说，无论在什么时候出那样的事，当然会出那样的事啦，我会理解的，不仅如此，我也希望那样，我希望，是因为我想让你既快乐又自由。我不会嫉妒的，只要我知道你爱我就够了。我会一边爱你，一边拉琴，我这辈子就只想要这些。这是真话。我只想跟你在一起，照看你，跟你一起开开心心，跟四重奏一起工作，有朝一日替你演奏一点，一点优美的曲子，就像莫扎特，在威格莫尔音乐厅。”

她突然停住了。她本不想谈论她的音乐理想，她相信这样很失策。

他上下牙齿间有点动静，不大像叹气，倒更像是在发出嘘声，他一开口，就像狗一样叫唤起来。他的怒火蹿得如此猛烈，以至于听上去简直洋洋得意。“我的上帝！弗洛伦斯。我有没有听错？你想让我跟别的女人混在一起！是这个意思吧？”

她平静地说：“如果你不想，就不用去。”

“你的意思是，只要我乐意，我跟谁都行，就是不能跟你。”

她没有回答。

“你是不是真的忘记了，我们俩今天刚结婚啊？我们不是两个在博蒙特街上偷偷同居的老怪物。我们是夫妻啊。”

低处的云又散开了，虽然没有月光直射，但有一点微弱的光，从高处的云层漫射下来，沿着海滩爬过来，正好罩住站在倒伏的大树边的这一对。他怒气冲冲地弯下腰，捡起一块光溜溜的大石头，猛地拍进右掌心，然后又回到左手里。

现在他几乎要嚷嚷了。“以吾此身，敬汝爱汝！这是你今天起的誓。当着所有人。你就没意识到，你那个主意有多么恶心，多么荒唐？而且这是怎样的侮辱啊。对我的侮辱！我是说，我是说”——他拼命找词儿——“你怎么敢！”

他朝她跟前走了几步，举起那只攥着石头的手，原地转了一圈，沮丧地扬手把石头扔进海里。还没等石头落地，眼看着它就要擦到海水边缘的当口，他又转回来跟她面对面。“你耍了我。说实话，你是个骗子。而且我还清清楚楚地知道，你还是别的什么。你知道你是什么吗？你性冷淡，就是这么回事。不折不扣的性冷淡。可你认为你需要一个丈夫，于是我就成了头一个送上门来的大白痴。”

她知道她起初并不打算欺骗他的，其余的一切——他话一出口——就显得千真万确。性冷淡，那个可怕的词儿——她明白为什么会用在她身上。这个词儿形容的就是她这样的人。她的建议真叫人恶心——她先前怎么没看出来呢？——而且，明摆着，确实是种侮辱。而且，最要命的是，她违背了自己的誓言，在教堂里当众立下的誓言。他刚把这些告诉她，一切就天衣无缝了。无论是在她自己眼里，还是在他眼里，她都一钱不值。

她已经无话可说，便离开了那棵筋疲力尽的大树的庇护。要动身前往饭店，她得先从他身边绕过去，于是，她绕过他的时候在他跟前停下来，近乎喃喃地说：“我真抱歉，爱德华。我非常非常抱歉。”

她驻足片刻，她逗留在那里，等他回答，然后，她上了自己的路。

此后，许久许久，她的话，他们当时那迂腐的遣词造句的腔调，时时萦绕在他心头。午夜梦回，这些话会在他耳边响起，要不就是听见某种声响，仿若它们的回音，还能听见话里饱含着的既渴望又懊悔的声调，一想到那一刻，想到他一言不发、怒气冲冲地别过头不理她，想到后来他是如何在海滩上又捱了一个钟头，充分品尝着她带给他的伤害、冤屈和侮辱的“美妙”滋味，想到他无辜而悲剧性地掌握着正义，由此而生的伤感的自恋倒也让他精神一振——想到这些，他就会低低呻吟。当时他就在那条让人筋疲力尽的砂石道上来来回回地走，往海里扔石头，嘴里嚷着脏话。然后他往那棵树上一歪，就跌进一个自怜自哀的白日梦里，直到他心里再度燃起熊熊怒火。他站在海边想她，失魂落魄，任凭浪花溅在鞋上。末了，他缓缓地沿着海滩往回走，举步维艰，他时不时地驻足片刻，在脑海中向某位既严厉又公正，而且对他的案子了如指掌的法官陈述事实。陷在这厄运里，他觉得自己简直是高贵的。

在他抵达饭店之前，她已经收拾好了迷你旅行箱，走了。她在房间里没留下什么纸条。他到服务台，跟那两个用推车送晚餐的小伙子说了几句。虽然他们没明说，可是显然吃了一惊，他居然不知道家里有人生病，不知道他妻子已经给十万火急地叫回了家。助理经理出于好心，开车把她载到多切斯特，她希望能在那里赶上最后一班火车，坐晚点联运列车去牛津。爱德华转身上楼去蜜月套间，虽然他并没有亲眼看见两个小伙子意味深长地交换眼神，可那个画面他完全想象得出来。

当晚余下的时间里，他躺在四柱大床上，一直睡不着，身上穿戴齐整，心里仍然怒火中烧。他的万千思绪踩着舞步、转着圈子互相追逐，陷入某种狂乱的亢奋状态，不停地往回绕。嫁给他，然后拒绝他，真恐怖，居然想叫他跟别的女人鬼混，没准儿她还想看白戏呢，这是侮辱，难以置信，谁会相信啊，说什么她爱他，他还没怎么见过她的乳房呢，骗他结了这个婚，连怎么接吻都不懂，愚弄他，支使他，她嫁了他接着又拒绝他，这事儿不能让任何人知道，他只能保守这个可耻的秘密，真恐怖……

天将破晓时，他起床，穿过起居室，站在他的椅子后面，将他那盘土豆烧肉里起冻的肉汁给刮下来，吃光。接着，他又扫光了她的盘子——他才不管那是谁的盘子呢。然后，他吃掉了所有的薄荷，再然后是奶酪。破晓时分，他离开饭店，开着维奥莱特·庞丁的小汽车，沿着绵延数英里的窄窄的草坪、高高的树篱向前行驶，新鲜畜粪和割下的草的气味透过敞开的车窗扑面而来，他一路开到空旷的主干道上，往牛津方向驶去。

他把车留在庞丁家的宅子外面，车钥匙插在点火装置上。他没往弗洛伦斯的窗户瞥一眼，拎起行李箱匆匆穿过城区，急着赶上一列早班车。他精疲力竭、头晕目眩地走了长长一段，从汉雷走到特维尔荒原，小心翼翼地避开她在去年走过的路线。他为什么要跟着她的足迹走？到家以后，他不肯向父亲解释原委。至于他母亲，已经把他结婚的事儿给忘了。双胞胎不停地纠缠他，要么盘问，要么耍耍机灵，推测几句。他把她们领到花园尽头，要哈丽特和安妮将双手护在胸前，挨个儿庄严发誓，她们从此再也不提弗洛伦斯的名字。

过了一个礼拜，他从父亲那里得知，庞丁太太效率很高，已经将退还所有结婚礼物的事宜安排好了。没有旁人介入，莱昂奈尔和维奥莱特已经悄无声息地着手办理一项并未达成事实婚姻的离婚手续。在父亲的催促下，爱德华给“庞丁电器公司”董事长乔弗里·庞丁写了一封正式信函，为“改变主意”而遗憾，同时，在没有提到弗洛伦斯的情况下，他表示歉意，提出辞职，就此暂别。

约莫一年之后，他的怒意渐消，即便如此，他仍然傲气十足，不肯查找她的下落，也不肯写信。他担心弗洛伦斯没准已经跟别人好上了，既然一直没有她的音讯，他渐渐相信，就是那么回事。在那著名的十年即将告终之际，当所有那些新鲜的刺激、自由和时尚，那些层出不穷、乱成一团的风流韵事——他终于顺理成章地精于此道了——压迫着他的人生时，他常常会想起她那个古怪的建议，如今想起来，它似乎再也不是那么荒唐了，而且，毫无疑问，它既不恶心，也不是什么羞辱。一旦将这个建议置于当下的新环境里，它便似乎摆脱了羁绊，远远超越了时代，蕴含着无邪的慷慨，是一种他以前不太理解的自我牺牲行为。伙计，多妙的提议啊！他的朋友大概会这么讲，尽管他从来没把那一晚的情形告诉过任何人。截至当时，即六十年代晚期，他一直住在伦敦。谁能想到会有这样的变迁啊？——突然间，感官享受变得纯洁高尚起来，那么多美人儿轻易就能上钩。在那转瞬即逝的几年里，爱德华四处游荡，就像一个困惑而开心的孩子，被判长期受罚，却暂缓执行，简直无法相信自己有这么走运。虽说他以前从未在哪个特定的时刻，替自己的未来做过什么斩钉截铁的决定，但什么系列历史小册子啦，还有一切关于正经学问的想法啦，终究还是给他抛到了脑后。他就像罗伯特·凯利爵士一样，干脆就从历史中跌落，舒舒服服地活在了当下。

他开始参与各种各样的摇滚音乐节的组织工作，帮忙在汉普斯代德开一家健康食品小卖部，在离卡姆登区那条运河[①]不远的一家唱片行里打工，替小杂志写摇滚乐评，有过一连串纷繁芜杂的情人，其中不乏“脚踩几条船”的经历，跟一个女人周游过法兰西，她后来当了他三年半的妻

① 卡姆登区是伦敦的繁华地段，摄政运河(Regent's Canal)从该区流过。该区域是久负盛名的世界级摇滚胜地，充斥唱片店、表演场所及朋克打扮的摇滚青年。

子，两人一起住在巴黎。末了，他成了一家唱片行的合伙老板。他忙得没工夫看报纸，何况，有一阵子他还认为，谁也不会打心眼里相信有什么“刚正不阿”的新闻，因为人人都晓得，新闻是受到国家、军事或者金融的利益制约的——这个观点后来就被爱德华摒弃了。

即便在那段日子里他看过报纸，他也不可能翻到艺术版，看那些冗长而深刻的音乐会评论。他对古典音乐的那点摇摆不定的兴趣已然烟消云散，全都倾注给了摇滚乐。所以他根本就没听说，“伊尼斯莫四重奏”于一九六八年七月在威格莫尔音乐厅首演，大获成功。《泰晤士报》的评论家欢迎“新鲜血液、青春激情抵达当今乐坛”。他赞赏“演奏所达到的深度、凝重的力度以及敏锐度”，而这就表明“这些尚不满三十岁的演奏家对于音乐的娴熟拿捏，令人称奇。他们霸气十足、轻松自如地掌控着莫扎特晚期的典型风格，即气势磅礴、和谐有力的音效和丰富多彩的复调写法。他的D大调五重奏还从来没有被人如此敏感地演奏过”。在评论的尾声，他单独列出这个组合的灵魂人物，第一小提琴手。“接下来是一段炽热的、极富表现力的柔板，优美绝伦，充满精神力量。庞丁小姐的音色明快柔和，将乐句处理得奔放而精巧，她的演奏——如果允许我这样比方的话——就像是一个恋爱中的女人，不仅仅爱上了莫扎特，或者爱上了音乐，而是爱上了生活本身。”

即便爱德华看过这篇评论，他也不会知道——除了弗洛伦斯，没人知道——当观众席上的灯光亮起，头晕目眩的年轻演奏家们站起身来答谢热烈的掌声时，第一小提琴手的目光，忍不住投向了第三排正中，落到了9C座上。

在此后的岁月里，无论何时，只要爱德华想起她，在心里跟她说话，或者在想象中给她写信、在街上跟她不期而遇，他都觉得，描述自己的生活要不了半分钟，要不了半页纸。他是怎么过的？他随波逐流，半梦半醒，漫不经心，胸无大志，做事不认真，膝下无儿女，生活很安逸。他那点微不足道的成就多半都是物质上的。他在卡姆登区有一套小公寓，奥弗涅[①]的一座有两间卧室的农舍里也有他的份，他名下还有两家以爵士乐和摇滚乐为特色的唱片行，受网络销售的冲击，这一行已日渐式微。他估计，在他的朋友圈里，他算是个体面的人物，先前也有过美好的时光，狂野的

① 法国地名，位于巴黎东南部上卢瓦河地区。

日子，尤其是早几年。他是五个孩子的教父，不过直到他们长到十八九岁或者二十出头，他才开始发挥点作用。

一九七六年，爱德华的母亲去世，四年之后，他搬回农舍照看父亲，父亲得了帕金森氏症，病情迅速发展。哈丽特和安妮嫁了人，生了孩子，都在国外定居。而彼时，四十岁的爱德华身后已经有了一段失败的婚姻。他每周三次去伦敦打理店铺。他的父亲死于一九八三年，与妻子合葬在匹斯山教堂墓地。爱德华以房客的身份在农舍住了下来——如今合法的房东是他的两个妹妹。起初他把这里当成逃离卡姆登区的避难所，后来，到了九十年代早期，他就搬到这里一个人住了。说实在的，特维尔荒原，或者说他在其中占据的那个角落，跟他长大成人那会儿，没有什么天差地别。如今的邻居不是农民或工匠，全都是在城郊之间频繁往来的人，要不就是把这里当成第二处居所的人，不过他们都挺友好。爱德华从来都不会把自己的生活说成郁郁寡欢——他在伦敦的朋友圈里，有个女人合他的心意；迈进五十岁之后，他替特维尔公园队打板球，积极参与汉雷的一个历史学会，致力于修复艾维尔梅地区那些古老的种植水田芥的河床。每个月，他会替一个将总部设在魏考姆、旨在帮助脑部受伤儿童的信托基金会干两天活。

即便年逾六旬，他已经成了一个身板宽厚结实、头发花白稀疏、脸膛红润健康的男人，他还是保持着长途远足的习惯。他每天仍然在栽满欧椴树的林荫道上散步，碰上天气好，他还会绕上一圈，去看看“处女林”公地上的野花，或者比克斯伯顿自然保护区里的蝴蝶，然后穿过山毛榉林去匹斯山教堂，他想，总有一天他也会葬在这里。偶尔，在山毛榉林深处，他会走到一条岔道跟前，懒懒地想，那年八月的那个早晨，她一定曾在这里停下脚步查看地图，于是他会栩栩如生地想象她——只不过隔着几英尺和四十年罢了——全力以赴地寻找他的样子。或者，他会在俯瞰斯托纳山谷的风景时驻足片刻，琢磨她有没有停在这里吃过橘子。末了，他会向自己坦白，对别人他从来没有爱得这么深，他从来没有发现任何人，不管是男人还是女人，像她那样认真。也许，假如当初跟她过下去，他就会对自己的人生更孜孜以求，更雄心勃勃，也许他会把那些历史书给写出来。虽然他对那一行一无所知，可他知道，伊尼斯莫四重奏已经出了名，而且至今仍然是古典音乐界的一块令人景仰的招牌。他从来不去音乐会，从来不买，就连看也不看那些盒装成套的贝多芬或者舒伯特。他不想看她的照片，不想发掘岁月在她身上留下什么痕迹，不想听说她的种种生活细节。他宁愿将记忆中的她保存下来，连同她扣眼上系着的蒲公英，头发上挽着的天鹅绒，肩膀上背着的帆布包，还有那张美丽的、骨架宽大的脸庞，脸上带着宽厚而朴实的微笑。

每每想起她，他总是很惊讶，怎么就让这个女孩带着她的小提琴跑了呢。如今，毫无疑问，回头再看她那个谦卑的建议，他实在觉得没什么大不了。她只不过想知道他确实爱她，想得到他的安慰：既然在他们前面还有一辈子的光阴，那就没必要着急。爱情加上耐心——如果这两样他能同时拥有，那该多好——就一定能让他们俩跨过这个坎儿。这样一来，会有怎样的未曾诞生的孩子得到出世的机会呢，会有怎样的，戴着发圈的小女孩儿，成为他钟爱的宝贝呢？整个人生轨迹就是这样改变的——因为他什么都没做。在切瑟尔海滩上，他本来可以冲着弗洛伦斯喊出来的，他本来可以去追她的。他不知道，或者说他不想知道，当她从他身边跑开时，在即将失去他的痛楚中，她对他的爱一定比以往更强烈，或者更难以自拔，此时如果能听到他的嗓音，她会得到某种解脱，她会回过头来。然而，夏日黄昏中，他只是冷冰冰地站着，理直气壮，一言不发，看着她沿着海滩匆匆离去，她举步维艰的声音淹没在飞溅的细浪中，一直看到宽阔而笔直的、在黯淡的灯光下隐隐闪烁的砂石道上，她成了一个模糊的、渐行渐远的点。

本小说人物纯属虚构，与生者、逝者均无相似之处。爱德华与弗洛伦斯的饭店——即位于多塞特郡阿波茨伯里以南逾一英里，海滩停车场后的旷野上，占据地势高处——并不存在。

伊·麦

译后记

一

译余闲话，无非老三段，照例从写书人说起。

《在切瑟尔海滩上》（以下简称《海滩》）的作者伊恩·麦克尤恩（Ian McEwan），本来就是当代英语文坛上绝对绕不过去的人物。二〇〇七年，由其代表作《赎罪》改编成的同名电影将此公的声誉推至沸点。这部五年前出版的小说，从去年秋天开始霸住英国《卫报》图书排行榜冠军，到初春都没有挪一下身段的意思。

二〇〇六年，在伦敦和剑桥，我先后同几位作家及大学教师谈起过麦克尤恩。千篇一律地，在一车英国式的拿腔作调的奉承话之后，他们都陷入了某种欲说还休的沉默。也难怪，就在四年前，麦克尤恩的《星期六》在入围布克奖短名单后最终铩羽，据说那一年的评委会主席后来大发雷霆："这本书之所以输了，原因只有两个，一个是妒嫉，另一个还是妒忌。"面对这个"最受人嫉妒的英国作家"，来自同行的任何评论，似乎都有失去分寸的危险。

事实上，麦克尤恩的走运历程，早在《赎罪》被拍成电影之前，就已经开始了。翻开今年六十岁的麦克尤恩的履历，开局是中规中矩的学院模式：本科毕业于布莱顿的萨塞克斯大学，于东安吉利大学取得硕士学位，早年与上世纪六十年代的反文化运动扯得上瓜葛，后来又像大部分精英人士一样，对此深深厌倦。从一九七四年开始，麦克尤恩在伦敦定居，次年发表的第一部中短篇集就得到了毛姆文学奖。这部文集的标题小说《最初的爱情，最后的仪式》头一句就似乎为老麦的创作定下了既优雅又阴郁的调子："从夏日伊始，我们把轻薄的床垫抬到厚重的橡木桌子上，在宽敞的窗户前做爱，直到此举终显无谓。"

在此后陆续出版的《床笫之间》、《只爱陌生人》、《无辜者》等作品里，麦克尤恩继续在"宽敞的窗户前"，挥霍"终显无谓"的荷尔蒙。操纵杆一推，他奔驰在小说的高速公路上，虚汗不冒，车速不减，几十万公里下来，依然零事故。当年那部骇人的《水泥花园》，正面撞上少年姐弟乱伦的情节，但他的处理，硬是匪夷所思地优美。于是，你会被撞击出的火花所震撼，却并未败坏阅读的兴味，一个趔趄之后，你还是会被作者说服，抵达终点——通过之前的铺陈、推进，麦克尤恩的车头，早已悄悄备好了性能可靠的安全气囊。

像《水泥花园》这样的小长篇，正是麦克尤恩最善于炮制的品种。他总是在如此紧凑的篇幅内塞进逻辑关系复杂的突发事件，将一个看起来微不足道的动机送上连锁反应的流水线，最终演化成荒诞的、时空与人性的双重塌方。一度，他以“恐怖伊恩”的面目在英国文坛上呼风唤雨，收获的却是主流文坛的尊敬。只要稍事检索与麦克尤恩相关的论文，就能发现他的名字往往与“人性阴暗面”、“伦理禁忌区”和“题材敏感带”连在一起。改编成电影后拿到柏林电影节银熊奖的《水泥花园》是这样，获得惠特布莱德奖(Whitbread)的《时间的孩子》以及问鼎布克奖的《阿姆斯特丹》也不例外。它们都能套用麦克尤恩本人写在《海滩》里的那句老话：One thing always leads to another(有前因必有后果)。几个 another 之后，物是人非，上帝的归档撒，恺撒的归上帝。

在英国文坛上，严肃小说家里的上一个超级销售明星，大概还得算到格雷厄姆·格林头上。当麦克尤恩二〇〇七年的新作《海滩》一出版就在英国本土卖到十多万时，当电影《赎罪》将这股热潮继续加温，并且最终把二〇〇七变成“麦克尤恩年”时，英国绅士们开始迷惘了。朵朵疑云，潮气氤氲，拧干了就一句话：“不是说麦克尤恩不好，而是，他应该，也许，没那么好吧？”（《独立报》）

这样的质疑基于以下连环套式的假设：一个严肃作家，如果隔一两年就有作品在各类文学奖上抛头露面，那么他就不应该同时又在排行榜上耀武扬威。看看二〇〇七年布克奖的短名单吧，一本《海滩》的销量的零头，就超过了其他所有作品的销量总和，英国地铁上到处都可以看到捧着老麦新作的读者(有人戏称他的书就像地铁通票一样人手一册)，这公平吗？此外，据说真正优秀的小说是无法改编成同样优秀的电影的，与麦克尤恩合作的导演却像是沾到了什么仙气，一部比一部成功，以至于有人开玩笑说，老麦的叙述中有某种成分是和制造胶片的赛璐珞搅和在一起的。同理，真正的好作家似乎不应该太有钱，可是《星期六》的护封上明明白白印着他在伦敦北部拥有的一栋豪宅，这正常吗?

另一项质疑是，伟大的作家应该“生于忧患，死于安乐”，而老麦的情形却再次例外。据说他与佩妮·艾伦的第一次婚姻经营得无比惨淡，有人亲眼看见他当时在参加某文学节时每隔半个小时就要给家里打一个电话，扑救围城之火——那一段时间的成果是一系列愤世嫉俗的黑色小说。虽然麦克尤恩本人对此事讳莫如深，佩妮却满世界接受采访，暗示小说里的“黑色”正来源于作者本人的阴郁与刻毒；第二次婚姻倒是让老麦重获新生，以至于笔下小说的质地似乎也“软化”了不少。正当某些评论家担忧他会在作品“加入过多的糖”时，另一些评论家却应和着下里巴人的欢呼，大声叫阳春白雪的好。谁说《赎罪》已经沦落为一部媚俗的战争罗曼司，只会春风化雨般地在细节里施放催泪弹了？细读文本的评论家们，在《赎罪》中看到了大量戏仿与互文的痕迹，那些质地精良却又显得矫揉造作的文字是要读到妙处才能窥见其隐藏的靶心的。它们服务于小女孩布里奥妮的叙述，将故事修饰得更像故事，更像奥斯丁伍尔夫詹姆斯们的故事，而那个连她自己也拒绝承认的真相，就如同消隐在泥沙中的一脉活水，静静流失；它们同样服务于站在布里奥妮身后的麦克尤恩，他将虚构艺术之林林总总信手排成八卦阵，这般华丽恰与真相的含混与流失形成反差——由此，所谓“赎罪”，所谓“叙述”，都被清算了，被刺痛了。乖乖，你说评论家火眼金睛也好，过度阐释也好，总之，处于“安乐”状态中的伊恩，非但没有“死”，反而活得更滋润。

认真捅一捅，老麦的软肋似乎比比皆是。除了《赎罪》，他没有一部作品达到二十万字，这对于一个小说大家而言，似乎是个不尴不尬的记录。然而，偏偏他写的最短的长篇《阿姆斯特丹》拿到了布克奖，《卫报》将其评定为“非凡的讽刺之作……在寻求根绝我们最黑暗的欲望的过程中，麦克尤恩没有让一块石头不被翻出来……他的最大的技巧，是在人物塑造中展现出了种种微妙之处……”换句话说，小说虽然短，但该表达的微妙，该体现的韵味，都齐全了，还能要求更多么？饶有趣味的是，当别人问起麦克尤恩自己的阅读取向时，他列举的名字往往与他本人的写作风格南辕北辙。索尔·贝娄，菲利普·罗斯，约翰·厄普代克……他喜欢他们，是因为他们的作品中包含着“宏大的野心和浩瀚的想象力”，而这些，在老麦看来，非但是他本人缺乏的，也是大多数欧洲作家缺乏的。“然而，”（英国人永远最善于运用“然而”）老麦话锋一转，“我们可以拿简·奥斯丁做例子，我认为她的重要性就不是可以拿舞台的宽度来衡量的。”

二

上述综合了麦克尤恩之正史及八卦的小传，足以解释为何此公每有新作问世，考验评论家的时候就到了。他的切入点，总是有一种让你的表情僵在半空的倾向。就像《阿姆斯特丹》的开头便挑明“莫利的两个老情人在火葬场的小教堂外面等候”一样，《海滩》也是一打开就把尴尬的处境摆到读者面前：“他们年纪轻，有教养，在这个属于他们的新婚夜，都是处子身，而且，他们生活在一个根本不可能对性事困扰说长道短的年代。话说回来，这个坎儿向来都不好过。”

有麦克尤恩的前十部小说垫底，《海滩》的读者，大约不会期待一般意义上的悬念。也就是说，从翻开书的第一页起，我们就知道，这对“处子”在新婚之夜遭遇的“这个坎儿”，非但到结尾都没有跨过去，而且终将扩大成一条深不见底的鸿沟——谁都知道麦克尤恩没有设置美好结局的习惯。果然，此后的情节，就是踩着起承转合的节奏，以这个要命的“坎儿”为圆心，转着圈子，一路奔赴忧伤结局而去。全书共分五章，各章字数基本均等，情节匀速推进，关键的意象在前后形成精致的对称。这种整体上的胸有成竹，恰恰与其中不计其数的弥漫在细节中的紧张气氛形成诡异的反差。西方评论家常常把麦克尤恩处理细节的风格与“惊悚”、“恐怖”之类通常用在类型小说的字眼扯上关系，说的正是这一层意思。真正牵动心弦的是人物在既定的命运前（这种“既定”是作者以宿命意味浓重的笔调刻意营造的）每一点微妙的挣扎——那些挣扎，时过境迁之后，看起来只不过像一组苍白的玩笑。麦克尤恩的读者，乐意屏住呼吸，在这些挣扎中窥见自身处境的尴尬，在数万字“无性”的性描写（从生理意义上看，这对新婚夫妇自始至终也没能完成“性”的规定动作）中体会近乎受虐的快感。

那个看不见的“坎儿”究竟在哪里？就事论事地说，大概可以套一个准医学的说法——初夜性生活不和谐。麦克尤恩甚至时不时地板起面孔，学着社会学家的腔调，来一段颇具反讽意味的“说教”：

“到底是什么玩意挡了道?是他们的性情与经历，是他们的无知与恐惧、羞怯、洁癖，是因为过去从未得到过这份权利，抑或缺乏经验，没有那份轻松自如的心态，再有就是宗教禁忌的袅袅余音，他们的英伦做派和阶级地位，外加历史本身也在作祟。”

事实上，上述因素确实在细节中得到了一一照应。但构成细节的决不仅仅是这些。两个主人公的身世背景和人生经历，渐渐通过断断续续的回忆，拼接在我们眼前。那是截然不同的两幅画面：爱德华的贫寒、粗率、乡土气，病重的母亲，忧郁的父亲，永远乱糟糟的农舍；弗洛伦斯的富有、精致、脱俗，盛气凌人的母亲，志得意满的父亲，永远奢华高贵的“大别墅”。当这些隐藏在背后的东西被麦克尤恩有计划、有步骤地推上前台，与台上正在次第演出的每一道眼神、每一个手势、每一根毛发（按照《纽约时报书评》的说法，读者将遭遇“小说史上最具新意的那一根……”——详情请参阅本书第三章）交织在一起时，喜剧感与悲剧感以同等强度冲击读者，一时间，你不知道该抓住哪一个。

而在所有这些“背后”的因素中，麦克尤恩花费了最多心思打造的，或许是“时代”。读者是随着细节的逐步丰满，才渐渐推断出那个所谓的“根本不可能对性事困扰说长道短的年代”指上世纪六十年代，而故事发生的准确时间，应该是一九六二年。读到第二章时，我们得知，男女主人公出生于一九四〇年，年龄比麦克尤恩本人大八岁。麦克尤恩将打着鲜明时代烙印的反文化运动、反战游行、摇滚乐、电影等诸多符号化的道具穿插到故事里，编织进主人公的生活轨迹，字里行间不时有某种“这是属于我的时代”的微妙流露。在麦克尤恩笔下，“那著名的十年”是物质浪潮尚未席卷全世界、精神力量仍然居于主导的时代。说得煽情一点，那是最后的纯真年代。那些曾经被这一代人执著的东西——正义也好，和平也好，爱情也好，都随着岁月流逝而趋于幻灭。在本书的最后一章里，爱德华只用了三言两语，便描摹了幻灭之后的情形：

“截至当时，即六十年代晚期，他一直住在伦敦。谁能想到会有这样的变迁啊？——突然间，感官享受变得纯洁高尚起来，那么多美人儿轻易就能上钩。在那转瞬即逝的几年里，爱德华四处游荡，就像一个困惑而开心的孩子，被判长期受罚，却暂缓执行，简直无法相信自己有这么走运。虽说他以前从未在哪个特定的时刻，替自己的未来做过什么斩钉截铁的决定，但什么系列历史小册子啦，还有一切关于正经学问的想法啦，终究还是给他抛到了脑后。他就像罗伯特·凯利爵士一样，干脆就从历史中跌落，舒舒服服地活在了当下。”

从这个意义上讲，爱德华与弗洛伦斯的尴尬遭遇、伤感离别，可以视为一代人命运的沉重隐喻：他们认真过，冲动过，他们突破禁忌、追求梦想时亮出的锐利刀锋，有时候转错了方向，伤害了自己。

至于评论家在薄薄一部《海滩》上读出的其他更为学术的命题，并不是普通读者有兴趣或者有必要关心的。简而言之，这些命题包括：麦克尤恩为什么既得到詹姆斯、伍尔夫的现代主义神髓，又似乎始终无法被界定为“晚生的现代主义作家”；在《赎罪》中被讽刺得淋漓尽致的“叙述综合征”，那种融入英国人民族性的东西，是如何在本书中得到巧妙延续的；在第三章超高难度的性描写中，老麦是如何精到地运用了“将小说写慢”的技巧，而前四章的近乎默片式的场景，是如何积聚起一股巨大的弹性势能，第五章的爆发式争吵，那一大段字字皆不旁落的对话，又是如何凸显大作家惊人的控制力，等等等等。毕竟，如今对于麦克尤恩的研究已经成为显学，怎样的深入剖析似乎都不算过分。不过，在解读《海滩》的热潮中，我还是找到了一句简单平实、却让我久久为之动容的话：

“他们（爱德华和弗洛伦斯）被困在一座孤岛上，岛就是一张床的尺寸，托起这座岛的海，却像人生那么浩瀚。”

三

《海滩》翻译成中文尚不足八万字，又是通常意义上的“小题材”作品，按理似乎不会耗时费力。但麦氏之作，初读时拍案的妙处，到下笔时一律化作陷阱。译者生来就是叛徒，我也不敢奢谈“传神”二字。既然文本交到我手里，最终呈现的必然是我眼里的麦克尤恩，是他的文字在我的大脑皮层中激起的浪花。翻译过程琐碎艰辛，本无所谓心得，只略说几点，或可提请读者注意：

其一，在当代英语文坛上，麦克尤恩被视为文字纯正、高贵(这两字大可商榷，并无客观标准可循，但既然人人都这么莫须有地概括，我也权且随俗)的典范。对于这一点，似乎美国人比英国人更不吝溢美之词。《华盛顿邮报》的资深书评人，甚至断言“现如今用英文写小说，没人比得上麦克尤恩”。拿这本《海滩》来说，从第一页开始，跌宕缠绵、逻辑致密、音乐感十足的长句就充斥文本，不由译者不生如履薄冰之心。我遵循的原则是，尽可能不破坏原文的结构，不粗暴切断逻辑关系，但为了让读者最大程度地接近原文的审美效果，或在前后略加少许表方位、表时态的连缀字，或调整长定语长状语中的音节数字，使之读来畅通无阻。如果非要量化的话，我的目标是，基本消灭连读两遍仍然不得要领的句子，同时，绝不以曲解原意、伤害麦氏长句特色为代价。现在把这一条挂出来，正好请读者监督。

其二，如前所述，这部小说的字里行间洋溢着浓重的时代感，到处都贴着指向时间的标签。这些标签往往是西方读者耳熟能详的，好比当他们读到男女主人公在电影院里看《蜜糖滋味》时，大脑会直接换算到一九六一年，眼前会自然浮现出电影画面，这种文化上的会心当然不可能完全等量代换到中文里来。我相信，在翻译过程中，某些暗藏的标签一定已经被我错失了。不过，在我知识范围所及之处，在但凡存在一丝令我警醒的线索之处，我都尽可能利用工具书和互联网做了注解。按我自己的阅读经验，提供无效信息的注解是最教人气馁的，正文的指涉及寓意，才是构建注文的最重要的标杆。因而，在这部小说的中译本里，我在某些关键性的注解里加入了我认为与情节密切相关的背景知识，希望能在一定意义上起到阐释文本的作用。

其三，综观麦克尤恩出道以来的作品，其语气常常是含蓄的，反讽的，黑色幽默的，情感喷薄而出的段落不能说没有，但往往控制得相当谨慎。相比之下，这部《海滩》也许是他迄今为止抒情意味最浓重的作品。不难看出，对于笔下的男女主人公，麦克尤恩怀有深厚的同情，或者，至少，他并不忌讳让读者在文本里窥见，他夹带着自己的叹息。我力图忠实地体现麦氏创作风格的这种微妙的转变，遣词造句时刻意在冷峻而幽默的表层之下，将那些叹息传达出来。至于效果究竟怎样，大约也像绵延在切瑟尔海滩上的那条长长的砂石道，总要麻烦读者自己踩上去，一路走到底，脚下的感觉才是真切的。

黄昱宁

二〇〇八年春

图书在版编目(CIP)数据

在切瑟尔海滩上/(英)伊恩·麦克尤恩(Ian McEwan)著;
黄昱宁译. —上海:上海译文出版社,2018.6(2025.11重印)
(麦克尤恩作品)
书名原文:On Chesil Beach
ISBN 978-7-5327-7764-8

Ⅰ.①在… Ⅱ.①伊… ②黄… Ⅲ.①中篇小说—英
国—现代 Ⅳ.①I561.45

中国版本图书馆CIP数据核字(2018)第042408号

Ian McEwan
ON CHESIL BEACH

图字号:09-2008-138号

在切瑟尔海滩上
〔英〕伊恩·麦克尤恩 著 黄昱宁 译
责任编辑/管舒宁 装帧设计/储平工作室

上海译文出版社有限公司出版、发行
网址:www.yiwen.com.cn
201101 上海市闵行区号景路159弄B座
江阴市机关印刷服务有限公司印刷

开本 850×1168 1/32 印张6.5 插页5 字数85,000
2018年6月第1版 2025年11月第3次印刷
印数:10,001—11,000册

ISBN 978-7-5327-7764-8
定价:49.00元